Klaus Behling   Der Lustmörder aus dem Erzgebirge

Klaus Behling

Der Lustmörder aus dem Erzgebirge

und zwölf weitere wahre Gewaltverbrechen
aus Ostdeutschland

Bild und Heimat

Von Klaus Behling liegen bei den BEBUG Verlagen außerdem vor:

Auf den Spuren der Alten Meister. Kunsthandel und Kunstraub in der DDR (Bild und Heimat, 2018)
Spur der Scheine. Wie das Vermögen der SED verschwand (edition berolina, 2019)
Die Treuhand. Wie eine Behörde ein ganzes Land abschaffte (edition berolina, aktualisierte, erweiterte Neuausgabe, 2019)
»Plötzlich und unerwartet ...«. Selbstmorde nach Wende und Einheit (edition berolina, 3. Auflage, 2019)
Leben in der DDR. Alles, was man wissen muss (Bild und Heimat, 3. Auflage, 2019)
Leben nach der DDR. Was die Wende dem Osten brachte (Bild und Heimat, 2020)
Erbe & Erinnerung. 77 Fragen zur Zeitenwende im Osten (Bild und Heimat, 2021)

ISBN 978-3-95958-309-1

1. Auflage
© 2021 by BEBUG mbH / Bild und Heimat, Berlin
Umschlaggestaltung: capa
Umschlagabbildung: Chris Keller / bobsairport
Druck und Bindung: CPI Moravia Books s. r. o.

In Kooperation mit der SUPERillu
www.superillu-shop.de

Inhalt

Ausnahmeverbrechen Mord und Totschlag **7**
Vorwort

Der Lustmörder aus dem Erzgebirge **14**
Die geheime Obsession eines Kriminalbeamten

Die Leiche im Golf **27**
Dopingpillen und ein erschlagenes Opfer

»Mord verjährt nicht, und das ist gut so« **37**
Erfolg und Misserfolg bei der Aufklärung von Altfällen

Medienmonster »Rosa Riese« **50**
Ein Serienmörder in Brandenburg

Schatten des Zweifels **63**
Mysteriöser Selbstmord und ein tödlicher Jagdausflug

Der Minister und sein Auftragskiller **76**
Mordkomplott eines Spitzenpolitikers

Der »Satansmord« von Sondershausen **88**
Der Fall Sandro Beyer: » Wir haben ihn vorsätzlich ermordet …«

Mord ohne Leiche **101**
Heimtücke, Habsucht und ein Grab im Beton

Die Grenzen der Strafe **114**
Wenn Kinder und Jugendliche töten

»Die Polizei bittet um Ihre Hilfe …« **126**
Erfolge und Grenzen öffentlicher Fahndungen

Eltern, die ihr Kind sterben ließen **139**
Totschlag durch Nichtstun

Warum schoss Robert Steinhäuser? **152**
Das Schulmassaker von Erfurt

»Ich will böse sein« **164**
Der Fall Frank Schmökel

Ausnahmeverbrechen Mord und Totschlag

Vorwort

Dass Menschen andere töten, gehört seit ewigen Zeiten und über alle sozialen Organisationsformen hinweg zur dunklen Seite des Zusammenlebens. Motive wie Hass und Eifersucht, Habgier und Neid, Macht und Rache, Heimtücke und Angst oder Grausamkeit und sexuelle Triebe verursachen tragische Konflikte, denen oft mit Hilflosigkeit begegnet wird. Das ist umso mehr der Fall, weil Täter zu etwa drei Vierteln Männer und deren Opfer meist Frauen und Kinder sind. Die Verbrechen geschehen häufiger, wenn viele Menschen dicht beieinander wohnen und große soziale Unterschiede aufeinanderstoßen.

Dennoch bleiben Mord und Totschlag Ausnahmeverbrechen. Dessen ungeachtet wird über sie mehr berichtet, als dies bei alltäglichen Problemen des menschlichen Zusammenlebens der Fall ist. Das ist schwierig, denn der Berichterstatter setzt sich dem Vorwurf aus, mit dem Blick in menschliche Abgründe Sensationshascherei zu betreiben. Für den Leser ist es ebenso kompliziert, weil er mit scheußlichen, manchmal auch unverständlichen Verbrechen konfrontiert wird. Sie zeigen Grenzüberschreitungen in genau jenem gesellschaftlichen Gefüge auf, in dem Täter, Opfer, aber auch völlig Unbeteiligte leben. Das Außergewöhnliche der Taten setzt moralische Maßstäbe: Am Beispiel sehr weniger Menschen demonstrieren sie vielen die Konsequenz von Extremfällen verfallener Werte und Normen. Insofern ist eine zusammenfassende Darstellung von Ausnahmen immer auch ein verzerrtes Bild der tatsächlichen zwischenmenschlichen Verhältnisse. Es fördert das Gefühl einer imaginären Bedrohung und ist deshalb kritisch zu reflektieren. Da sich die Darstellung zwangsläufig auf Opfer und Täter konzentrieren muss, um die Unbegreiflichkeit der Ereignisse zu illustrieren, erwähnt sie das weitaus größere Umfeld der direkt und indirekt Betroffenen meist nur am Rand. Das verschiebt die Relationen. Trotzdem gehört es zur Pflicht des Chronisten, auch Taten, die nur ein paar Millionstel der Bevölkerung betreffen, zu dokumentieren. Nur wer wahrnimmt, was geschehen kann und welche Umstände dazu führen, wird in der Lage sein, sich damit auseinanderzusetzen. Kriminalität ist ein Teil der Gesellschaft, in der sie stattfindet. Sie beeinflusst das Zusammenleben und provoziert die Frage nach dem Umgang miteinander.

In Deutschland gewinnt das Nachdenken darüber eine besondere Bedeutung. Nach vierzig Jahren der Teilung entstand vor dreißig Jahren eine neue gesellschaftliche Struktur, deren Zusammenwachsen und Konsolidierung noch lange nicht abgeschlossen ist. Sie findet in einem gewandelten Europa in einer veränderten Welt statt. Die alten Konflikte haben sich in neue verwandelt. Der Umgang mit Freiheit und Liberalität muss erlernt werden. Dabei stoßen ganz verschiedene persönliche Erfahrungen aufeinander. Das legitimiert auch bei Ausnahmeverbrechen einen auf den Osten beschränkten Blick. Er illustriert, was sich warum seit 1990 verändert hat.

Ein relativ eindeutiges Ergebnis liefern dabei die Zahlen. Die Erfassungskriterien sind nicht völlig identisch, aber sehr ähnlich. Die DDR-Statistik zählte »vorsätzliche Tötungen« und wies für das Jahr 1989 dazu 132 Taten aus. Die heutige »Polizeiliche Kriminalstatistik« erfasst »Mord, Totschlag und Tötung auf Verlangen« und verzeichnete 2018 in den ostdeutschen Ländern, einschließlich Berlin, 370 derartige Verbrechen. Dabei ist zu berücksichtigen, dass die Hauptstadt inzwischen gut 3,6 Millionen Einwohner hat, Ostberlin jedoch nur knapp 1,3 Millionen zählte.

Die Aufklärungsquote bei Tötungsverbrechen lag in der DDR bei 97,2 Prozent, 2018 waren es im Osten Deutschlands 96,5 Prozent.

Trotzdem ist die »gefühlte Bedrohung« inzwischen weitaus größer, als dies früher der Fall war. Ein Erklärungsansatz könnte im sich wandelnden Umfeld von Mord und Totschlag liegen.

Tötungsdelikte in der DDR geschahen zu etwa drei Vierteln im engen Kreis von Familie, Nachbarschaft und Bekanntschaft. Täter und Opfer standen schon vor der Tat in einer Beziehung zueinander. Zwei Drittel der Verbrechen erfolgten im Affekt. Alkohol spielte eine bedeutsame Rolle und setzte oftmals Aggressionen frei, die ihre Wurzeln in bereits zerstörten sozialen Bindungen hatten.

Seit dem Ende der DDR fand in Ostdeutschland – nach vierzig Jahren eines relativ ausgeglichenen sozialen Niveaus – eine ausgeprägte Differenzierung statt. Daraus entstand bei manchen das Gefühl, ungerecht behandelt zu werden, aber auch tatsächlich vorhandene Ungerechtigkeit. Bislang nicht gekannte Unterschiede im sozialen Gefüge ließen Milieus wachsen, die Kriminalität bis hin zu Mord und Totschlag förderten. Wo es nunmehr »Verlierer« und »Gewinner« gab, spiegelte sich das manchmal auch in brutalen Grenzüberschreitungen und Gewaltexzessen wider.

Diese Wandlung manifestiert sich in neuen Erscheinungen, die es auf dem »Tatort DDR« so nicht gab und die auch auf die Ausnahmeverbrechen von Mord und Totschlag ihre Auswirkungen haben.

Materieller Wohlstand mit dem Geld als Mittelpunkt war von geringerem Belang als heute. Er war weniger vorhanden und gleichmäßiger verteilt. Geld blieb in seiner Anwendung begrenzt. Viel davon zu besitzen, stellte nur für sehr wenige ein erstrebenswertes Lebensziel dar. Als Mordmotiv spielte es also eine geringere Rolle.

Drogenkonsum beschränkte sich auf Alkohol. Beschaffungskriminalität im Zusammenhang mit Rauschgiften, Verbrechen im Umfeld des Rotlichtmilieus oder sozial miteinander verbundene kriminelle Strukturen existierten kaum. Heute belasten sie das gesellschaftliche Zusammenleben. Manches davon wächst durch das grenzenlose Europa und wird dadurch gefördert. Hinzu kommt: Wo immer mehr

Menschen aus verschiedenen Kulturen aufeinander-
treffen, können bisher nicht vorhandene Konflikte
entstehen, die sich auch in Gewalt entladen.

Neue wissenschaftliche Erkenntnisse und Techniken
schufen nicht nur bisher ungeahnte Möglichkeiten
der Aufklärung von Verbrechen, sondern auch neue
Deliktfelder. Die Anonymität des Internets macht es
möglich, dass potentielle Täter ihre Opfer suchen,
was in einigen wenigen Fällen zu Mord und Totschlag
führte.

Zu Beginn der deutschen Einheit wurde darüber
diskutiert, ob in einer Gesellschaft mit mehr indivi-
dueller Freiheit zwangsläufig eine erhöhte Kriminalität entstehen muss. Die *Berliner Zeitung* reflektierte
die Stimmung vieler, als sie am 19. Juli 1990 die Frage stellte: »Sind steigende Kriminalität und sinkender
Erfolg der Polizei der Preis unserer neuen Freiheit?«
Auch ihre Antwort entsprach der vermuteten Mehr-
heitsmeinung: »Offenbar ist es so. Die mit der politischen Freiheit gewachsene soziale Unsicherheit bietet
der Kriminalität Nährboden. Der nicht mehr allseits
kontrollierte Bürger ist sich selbst überlassen, verfügt
über geweitete Freiräume. Manch einer kann damit
schlecht umgehen. Die Polizei schließlich ist nicht
mehr die, die sie mal war.«

Ausgeblendet blieb bei solcherart Betrachtungen,
dass es gerade der Wunsch nach mehr Freiheit, der
Drang nach weniger sozialer Kontrolle und einer
rechtsstaatlich gezähmten Macht der Exekutive war,
der den Zerfall der DDR beförderte.

Inzwischen wird diese Diskussion kaum noch geführt. Stattdessen scheint es manchem so, als machten rechtsstaatliche Grundprinzipien – vom milden Jugendstrafrecht bis zu Bemühungen um Resozialisierung auch nach der Tötung von Menschen – den Staat zum zahnlosen Tiger. Übersehen wird dabei, dass die Unantastbarkeit der Würde des Menschen auch für Mörder und Vergewaltiger gilt. Sie sind angemessen zu bestrafen, und gegebenenfalls muss die Gesellschaft auch nach Verbüßung ihrer Strafe vor ihnen geschützt werden. Dennoch bleiben sie immer auch ein Teil dieser Gesellschaft. Das ist für Opfer von Verbrechen – besonders wenn es sich um Mord und Totschlag, Vergewaltigung oder Taten an Kindern handelt – schwer zu begreifen. Sie zerstören meist das gesamte soziale Umfeld aller näher und ferner Beteiligten. Manchmal scheint es, als machen sie diese ebenfalls zum Opfer, nur auf anderer Ebene. Dennoch bleibt der gelegentliche Ruf nach Rache und Vergeltung, die ein Täter erleiden müsse, ein ebenso verwerfliches Motiv wie jenes, das seiner Tat zugrunde lag.

Trotz allem sollte diese Frage diskutiert werden. Die Zunahme des Ausnahmeverbrechens Mord und Totschlag im Osten Deutschlands hat gezeigt, dass sich wandelnde sozialökonomische Verhältnisse mit einem Wachsen an Verletzungen der Normen des Zusammenlebens einhergehen können. Im langfristigen historischen Trend geht die Gewaltkriminalität jedoch zurück, gleichzeitig wächst die gesellschaftliche Sensibilität ihr gegenüber. Hier liegt der Ansatzpunkt für den Umgang mit Gewalttaten, die nichts anderes als Abscheu und Unverständnis hervorrufen können.

Der Lustmörder aus dem Erzgebirge

Die geheime Obsession eines Kriminalbeamten

Das Gimmlitztal im Osterzgebirge war einmal als »Tal der Mühlen« bekannt. In der rund fünfundzwanzig Kilometer langen Gimmlitz, einem Nebenfluss der Freiberger Mulde, standen einst fast zwei Dutzend Wassermühlen, bis nach 1970 mit dem Bau der Talsperre Lichtenberg die meisten von ihnen verschwanden. Es blieb die gute Gebirgsluft, das klare Wasser und das Wandern in den umliegenden Wäldern – ein Ort der Muße und Erholung. Mit der Verheißung »Musik, Kultur, Geschichte, Kunst und eine unberührte Natur …« wirbt dort die idyllische *Sommerfrische Illingmühle – Die Weinputtenpension.* Bis März 2014 hieß sie noch *Ferienheim Gimmlitztal.*

Am 4. November 2013 war das schiefergedeckte Anwesen am Waldrand zum Tatort eines Verbrechens geworden. Der Bundesgerichtshof (BGH) beschrieb es am 21. Februar 2018 so: »Nach den Feststellungen des Landgerichts tötete der voll schuldfähige Angeklagte einen 59-jährigen Mann, um die anschließende Zerstückelung des Körpers zu ermöglichen, von der er sich sexuellen Lustgewinn versprach. Das Tatopfer war mit dem Handeln des Angeklagten einverstanden. Es hatte den Wunsch, von ihm ›geschlachtet‹ und verspeist zu werden.«

Dementsprechend berichteten deutschlandweit Presse, Funk und Fernsehen über den angeblichen Menschenfresser. In der Zeitung *Die Welt* hieß es: »Jetzt wird es ernst für den Kannibalen vom Erzgebirge.« Die *Berliner Zeitung* sprach vom »Kannibalen-Mord im Gimmlitztal«. Das Nachrichtenportal *news.de* der Leipziger MM New Media GmbH machte einen »Kopf im Kochtopf« aus, und *Bild* schrieb am 16. Juli 2014 nach der Wiedereröffnung der Pension: »Frühstück bietet die Kannibalen-Pension für 4,90 Euro an.« Das klang schaurig und nicht nach Beschaulichkeit. Hintergrund dessen war ein unverständliches Verbrechen, verübt vom Mitbesitzer der Zwanzig-Zimmer-Herberge. Hauptberuflich arbeitete Detlev G. im Herbst 2013 als Kriminalhauptkommissar.

Nach dem Schulabschluss in der DDR lernte er zunächst Facharbeiter für Galvanik, vertrug die chemische Belastung jedoch nicht. Deshalb ging Detlev G. 1980 als Dreiundzwanzigjähriger zur Volkspolizei. 1984 heiratete er, das Paar bekam eine Tochter und einen Sohn. Der junge Polizist fing ganz unten an, lief Streife, qualifizierte sich zum Kriminaltechniker und schließlich zum Schriftsachverständigen. Das sicherte ihm nach der Einheit einen nahtlosen Übergang ins neue Berufsleben. Bis 1994 tat Detlev G. im Landeskriminalamt Thüringen Dienst, dann wechselte er nach Sachsen. Seine Ehe wurde 2002 einvernehmlich geschieden. Der Kriminalist hatte sich in einen Mann verliebt, den er 2003 auch heiratete. Im Mai 2014 wurde auch diese Verbindung gelöst. Danach fand er in der sadomasochistischen Szene den Ort seiner geheimen sexuellen Vorlieben.

Im *Ferienheim Gimmlitztal* lebte er seine perverse Lust aus. Dazu hatte sich Detlev G. im Keller sein Sadomaso-Studio eingerichtet. Gegenüber der kleinen Bar mit ihren roten Hockern, den Regenbogen-Girlanden und dem Bild eines Jünglings mit nacktem Oberkörper fand sich eine unauffällige Tür. Am Ende der dahinter beginnenden Treppe öffnete sich ein bizarr eingerichteter Raum – mit einem rostigen Käfig, einem Marterpfahl, einem Regal mit verschiedenen Folterwerkzeugen, einem Plastikskelett und einem Henkerbeil nebst Spiegel an der Wand. Von der Decke hing ein Seil, das mit einer elektrischen Winde bewegt werden konnte. In einem Nebengebäude befand sich überdies ein »Arztzimmer«. Dort entdeckten die Mitarbeiter der Tatortgruppe einen gynäkologischen Behandlungsstuhl, medizinische Gerätschaften, Verbandszeug, Medikamente und einen weißen Kittel.

Am Seil im Folterkeller starb am 4. November 2013 der neunundfünfzigjährige Wojciech S., ein gebürtiger Pole, der seit langem in Hannover lebte. Er verdiente seinen Lebensunterhalt als Unternehmensberater und vermittelte vor allem osteuropäische Fernfahrer an deutsche Speditionen. Politisch engagierte sich Wojciech S. in der Christlich Demokratischen Union (CDU). Auch er hing dem Sadomasochismus an und träumte davon, seine Phantasien zu krönen, indem er sich freiwillig töten ließ. Das schien ihm kein dramatisches Ende zu sein, denn er rechnete fest mit seiner

Wiederauferstehung. All diese Pläne hielt Wojciech S. vor seiner in Hannover lebenden Frau verborgen. Seine frühere Ehefrau in Polen beteuerte später hingegen, von derartigen Wünschen gewusst zu haben. Auch die Suche nach einem Mann, der sie erfüllen könnte, blieb nicht unbemerkt, denn sie erfolgte im Internet. »Das alles geht schon ganz lange. Wir haben seine Computerprotokolle, kennen seine Chateinträge«, zitierte nach seinem Tod die *Hannoversche Allgemeine Zeitung* Michael L., den Geschäftspartner von Wojciech S. Er hatte ihn am 11. November 2013 als vermisst gemeldet.

Zu diesem Zeitpunkt war die Leiche des Mannes aus Hannover von Detlev G. bereits zerstückelt und am Hang seines Hauses im Gimmlitztal vergraben worden. Einige Wochen danach gestand der Kriminalist seinen Kollegen, dass er dazu einen elektrischen Fuchsschwanz benutzte. Den Schädel habe er mit einem Vorschlaghammer zerkleinert. Vier bis fünf Stunden sei er tätig gewesen, sexuelle Lust hätte er dabei allerdings nicht empfunden: »Er sollte einfach nur weg.«

Wie konnte es so weit kommen?

Kennengelernt hatten sich der Polizeibeamte aus dem Erzgebirge und der Geschäftsmann aus Hannover auf der Internetplattform *Zambian Meat*. Das ist eine der dunklen Ecken im World Wide Web, wo perverse Phantasien ausgetauscht werden. In diesem Fall ging es um Kannibalismus. Wojciech S. war dort als »LongpigHeszla« seit sechs Jahren, Detlev G. als

»Caligula31« seit elf Monaten registriert. In der Regel tummeln sich in derartigen Foren Leute, die extreme sexuelle Rollenspiele betreiben möchten. Sie trennen sich in zwei Richtungen. Die »Long Pigs«, »lange Schweine«, träumen davon, »geschlachtet« zu werden, die »Chefs« wollen sie danach verspeisen. Für die meisten Menschen sind das unvorstellbare sexuelle Präferenzen, über deren medizinische und psychologische Einordnung kontrovers diskutiert wird. Der Fall Detlev G. zeigte, dass sie zur tödlichen Realität werden konnten. Er gab in seinem Chatprofil an, dass er an einem »Real Life«-Kandidaten interessiert sei.

Die Ermittler waren später davon überzeugt, dass es ihr Kollege von der sächsischen Kripo durchaus ernst meinte. Einen ersten Anlauf nahm er bereits im Oktober 2013 mit einem Chatpartner, der sich »Junjie« nannte und aus Lotte bei Osnabrück stammte. Hinter dem Nicknamen verbarg sich der einunddreißigjährige Abwassermechaniker Alexander B. aus Nordrhein-Westfalen, der nach seinem »missglückten« Ausflug ins sächsische Gimmlitztal über Detlev G. einen Beitrag im Internet verfasste. Das führte die Polizei im Laufe der Ermittlungen auf seine Spur. »Junjie« hatte sich mit dem Mann aus dem Erzgebirge verabredet, um sich am Spieß grillen zu lassen. Als Grund dafür erklärte der junge Mann: »Wir haben uns im Chat dazu verabredet, dass er mich isst. Ich hatte mich mit meinen Eltern zerstritten, wollte sterben.«

Detlev G. holte ihn zu Hause ab. »Vorher habe ich meinen PC abgeklemmt und mitgenommen. Ich wollte keine Spuren hinterlassen. Es war die einzige Möglichkeit, spurlos zu verschwinden«, schilderte Alexander B. später. Kurz nach dem gemeinsamen Fahrtantritt in Richtung Sachsen »marinierte« Detlev G. auf einem Parkplatz »Junjie« schon mal mit Essig und Öl, wickelte ihm eine Frischhaltefolie um den Körper und legte ihn auf die Rückbank seines schwarzen Honda Civic. Nach der Fünf-Stunden-Fahrt ins Erzgebirge waren die beiden jedoch müde. Am folgenden Tag erklärte »Caligula31« seiner Internetbekanntschaft, sie sei zum Sterben noch zu jung. Detlev G. zahlte die Bahnfahrkarte, mit der »Junjie« nach Lotte zurückkehrte. Danach fand Alexander B. einen schwulen Lebenspartner in Nordrhein-Westfalen.

Ob die Menschenfresserei tatsächlich ernst gemeint war, konnten die Ermittler letztlich nicht klären. Sie sicherten mehr als vierhundert Nachrichten von Detlev G. aus der Zeit zwischen September bis November 2013 bei *Zambian Meat*. Mal klagte er, dass er einmal bereits vergebens zweieinhalb Stunden am Bahnhof auf ein Opfer gewartet habe, ein anderes Mal mahnte er einen Chatpartner: »Man kann ja seine Phantasien in einem Rollenspiel ausleben, da muss man nicht gleich das Finale wollen ... Ich weiß auch selber nicht, ob ich es am Ende auch durchgezogen hätte, denn da ist bei mir die Hemmschwelle doch noch zu hoch.« Aber er schrieb auch am 6. Oktober 2013 an einen Chatpartner namens »hadrian«: »Nach deinem Tod werde ich dir als Erstes den Kopf abtrennen, dann die Arme, an den Beinen wirst du hängen.«

Wojciech S. schien das zu gefallen. Er fragte lediglich an, ob er mit seinen neunundfünfzig Jahren nicht zu alt sei. Das verneinte Detlev. G., worauf »LongpigHeszla« noch seine Wünsche äußerte: Er wolle vor seinem Ableben keine Knochenbrüche oder Hodenquetschungen und auch keine Verletzungen am Kopf – »außer natürlich Kopf abschneiden«. Er hatte auch einen genauen Zeitplan im Sinn: »Am besten wäre, gleich am Tag des Treffens werde ich geschlachtet.«

Dieser Tag war der 4. November 2013. Bereits am 20. Oktober hatten sich Detlev G. und Wojciech S. auf diesen Termin verständigt. In seiner letzten E-Mail betonte »LongpigHeszla« noch einmal ausdrücklich, dass er zum Sterben anreisen würde. Er kam mit dem Fernbus. Der Kriminalbeamte holte ihn um 15.45 Uhr am Dresdner Hauptbahnhof ab. Gegen siebzehn Uhr war Wojciech S. tot.

Nachdem ihr polnischer Chef verschwunden war, machten sich seine Mitarbeiter Sorgen. Am 11. November gab Geschäftspartner Michael L. bei der Polizei in Unna eine Vermisstenanzeige auf. Neun Tage dauerte es, bis die Kripo Hannover als letzten Internetkontakt »Caligula31« ermittelte. Unter diesem Namen hatte sich Detlev G. auch bei einer Kontaktbörse für Schwule angemeldet und dort eine E-Mail-Adresse mit seinem richtigen Namen und dem Wohnort hinterlegt.

Am 27. November 2013 um 8.20 Uhr nahm die Polizei ihren Kollegen im Landeskriminalamt (LKA) Dresden fest. Bereits am Nachmittag zeigte er ihnen den Tatort und Stellen im Garten, an denen er die Einzelteile der Leiche vergraben hatte. Detlev G. betonte dabei stets die »Tötung auf Verlangen« und bestritt vehement, vom Körper seines Opfers gegessen zu haben. Allerdings machte er auch unterschiedliche Angaben, wie er dem Todeswunsch von Wojciech S. entsprochen habe. Zunächst sprach er von einem Schnitt durch die Kehle. Dieses Geständnis widerrief Detlev G. und erklärte, er habe es nur aus seinem Schuldgefühl heraus abgelegt. Danach behauptete er, dass sich der Mann aus Hannover in seinem Keller selbst erhängt habe. Die Obduktion konnte keine eindeutige Todesursache feststellen, denn es gab ja nur noch Einzelteile des Toten.

Zu einem der wichtigsten Beweismittel in den folgenden Prozessen vor dem Landgericht Dresden und schließlich vor dem Bundesgerichtshof wurde ein Video, das Detlev G. in seinem Sadomaso-Keller gedreht hatte. Er hatte es zwar gelöscht, aber Experten des Landeskriminalamts Magdeburg konnten die Dateien wiederherstellen. Der Film mit einer Länge von fünfundfünfzig Minuten begann mit einer dreiminütigen Sequenz, die Wojciech S., nackt und bewegungslos an einem Seil an der Decke des Kellers hängend, zeigte. Sein Mund war mit Panzerband verklebt, die Hände auf dem Rücken mit Kabelbinder gefesselt. Allerdings hielt er die Beine angewinkelt und hätte sich also jederzeit auch auf die Füße stellen können. Im Weiteren zeigte das Video das Zerstückeln der Leiche. Am 10. Dezember 2014 wurde es unter Ausschluss der Öffentlichkeit im Prozess vorgeführt. Das geschah gegen den Antrag der Verteidigung von Detlev G., die eine posttraumatische Belastung ihres Mandanten einschließlich einer möglichen Suizidgefahr befürchtete. Dem widersprach ein Gutachter.

Die Interpretation des Videos ließ für den Tathergang verschiedene Schlussfolgerungen zu. Angesichts des vorher mehrfach geäußerten Todeswunsches von Wojciech S. konnte es durchaus möglich sein, dass er selbst Hand an sich legte. Davon ging Rechtsanwalt Endrik Wilhelm, der Verteidiger von Detlev G., aus. Er meinte, sein Mandant habe seinem im Internet gefundenen Partner auf dessen Wunsch hin lediglich die Hände auf dem Rücken gefesselt. Dann habe der sich vermutlich selbst in die Schlinge fallen lassen, während der Kriminalbeamte den Raum verließ, um das Kaffeegeschirr zu spülen. Als er zurückkehrte, war Wojciech S. bereits im Koma. Das Video zeigte zwei leichte Bewegungen am Bauch, die als letzte Zuckungen betrachtet werden konnten. Dass ein Erhängen mit angewinkelten Beinen möglich ist, bestätigen Erfahrungen aus Suiziden in Haftanstalten. Dabei gibt es Fälle, bei denen der zum Erhängen benutzte Gegenstand am Bettgestell oder an der Heizung befestigt wurde und der Tod nach einer Bewusstlosigkeit folgte. Sie setzt bereits wenige Sekunden, nachdem sich der Suizidwillige mit dem Kopf in eine Schlinge hat fallen lassen, ein.

Am 22. August 2014 begann vor dem Landgericht Dresden unter Vorsitz von Richterin Birgit Wiegand der erste Prozess in dieser Sache. Detlev G. beteuerte, dass sich Wojciech S. in seinem Keller im Gimmlitztal mit Hilfe der dort installierten Seilwinde selbst erhängt habe. In der Beweisaufnahme berichtete der Psychiater Prof. Dr. Andreas Marneros über den ihm vom Angeklagten offenbarten Grund für das Entstehen des merkwürdigen Videos, das kaum zur Selbstmordversion passte. Demnach habe das Opfer Detlev G. gebeten, den Film für eine Frau in Berlin zu drehen, deren Namen, Anschrift und Telefonnummer Wojciech S. ihm zuvor gegeben habe. Außerdem stellte sich heraus, dass Detlev G. vor der Tat die Droge Crystal Meth konsumierte. Als Angeklagter beharrte er darauf, lediglich an einem frei verantworteten Suizid mitgewirkt zu haben. Das stehe nicht unter Strafe.

Diese vorgebliche Passivität glaubte ihm das Gericht nicht. Nach einundzwanzig Verhandlungstagen kam es zu dem Ergebnis, dass Detlev G. den neunundfünfzigjährigen Polen tötete, um ihn anschließend zu zerstückeln, da er sich davon einen sexuellen Lustgewinn versprochen habe. Es verurteilte ihn wegen Mordes, aber nur zu acht Jahren und sechs Monaten Freiheitsstrafe. Verteidiger Endrik Wilhelm hatte Freispruch gefordert, denn er sah nicht einmal eine »Störung der Totenruhe« als erwiesen an. Der entsprechende Paragraph im Strafgesetzbuch sieht nämlich das Betreiben von »beschimpfendem Unfug« mit einer Leiche vor, von Zerstückeln ist dort nicht die Rede.

Der Bundesgerichtshof rügte dieses Urteil als nicht gesetzeskonform. Er bemängelte: »Das Landgericht hat die Möglichkeit einer Selbsttötung nicht rechtsfehlerfrei ausgeschlossen. Die diesbezügliche Beweiswürdigung ist lückenhaft und nicht frei von Widersprüchen.« Deshalb hob es der BGH am 6. April 2016 auf und verwies die Sache zurück an die Schwurgerichtskammer in Dresden.

Auch in diesem zweiten Prozess hielten die Richter den Mord für bewiesen und sahen nun überdies eine »Störung der Totenruhe«. Trotzdem verurteilten sie den Angeklagten Detlev G. am 13. Dezember 2016 erneut nur zu acht Jahren und sieben Monaten Haft, also einen Monat mehr als im ersten Prozess. Das Abweichen von der eigentlich für Mord vorgesehenen lebenslangen Strafe begründeten sie mit dem unbedingten Todeswunsch des Opfers. Das Geschehen war von beiden verabredet. Deshalb gelte das aus dem alten Rom übernommene und bis heute gültige Rechtsprinzip: *Volenti non fit iniuria* – »Dem Einwilligenden geschieht kein Unrecht«.

Die Richter sahen jedoch immerhin Mord und keine »Tötung auf Verlangen«. Sie beschreibt der Paragraph 216 des Strafgesetzbuchs: »(1) Ist jemand durch das ausdrückliche und ernstliche Verlangen des Getöteten zur Tötung bestimmt worden, so ist auf Freiheitsstrafe von sechs Monaten bis zu fünf Jahren zu erkennen. (2) Der Versuch ist strafbar.« Voraussetzung für solch eine »Tötung auf Verlangen« ist eine enge vorherige Beziehung zwischen Täter und Opfer. Nach Auffassung des Gerichts fehlte sie im Fall Detlev G., denn es wertete das Mordmerkmal »Befriedigung des Geschlechtstriebs« als entscheidenden Faktor. Er verband sich jedoch mit »außergewöhnlichen Umständen«.

Das sah die Staatsanwaltschaft anders und ging nach dem zweiten Urteil gegen Detlev G. erneut in Revision. Sie betrachtete die lebenslange Strafe als einzig vom Gesetz vorgegebene Möglichkeit, wenn die Tat – wie geschehen – als Mord eingestuft wurde. Auch die Verteidigung wollte eine Revision, denn sie forderte Freispruch. Nach ihrer Ansicht war im Sadomaso-Keller im Gimmlitztal nichts geschehen, was Wojciech S. nicht wollte.

In einem dritten Prozess, nun vor dem Bundesgerichtshof, traf dieser am 21. Februar 2018 eine eigene Sachentscheidung in letzter Instanz. Die Richter sahen eine Strafe »nach geltendem Recht« – *de lege lata* – als einzige Möglichkeit der Sanktion an. Deshalb verurteilten sie Detlev G. wegen Mordes zu einer lebenslangen Freiheitsstrafe und wegen »Störung der Totenruhe« zu fünf Monaten. Beide Strafen wurden zur Gesamtstrafe »lebenslang« zusammengezogen: »Der Angeklagte hat das Leben eines anderen Menschen der Befriedigung seines Geschlechtstriebs untergeordnet«, begründete der Vorsitzende des Senats, Norbert Mutzbauer, das Urteil. Schuldmindernde Umstände lägen in diesem Fall nicht vor – der Todeswunsch des Opfers ändere daran nichts, so dass es sich auch nicht um »Tötung auf Verlangen« gehandelt habe. Strafmildernde Umstände hätten hier nur angenommen werden können, wenn sich der Angeklagte in einer außergewöhnlichen Notlage oder in einer notstandsähnlichen Bedrängnis befunden hätte. Dies war jedoch nicht der Fall.

Für die Öffentlichkeit bedeutete das schaurige Geschehen ein Einblick in eine perverse Welt aus Sex und Gewalt. Sie bleibt unverständlich. Nach der Festnahme von Detlev G. Ende November 2013 kommentierte Dresdens damaliger Polizeipräsident Dieter Kroll, der Fall zeige, »wie Menschen mit den grauenvollsten Phantasien im Internet zusammentreffen und dabei ihre Perversionen in immer krasserer Form ausleben«. Das kann auch als Warnung verstanden werden.

Die Leiche im Golf

Dopingpillen und ein erschlagenes Opfer

Hellersdorf, die jüngste der großen Ostberliner Traban-
tenstädte, ging pünktlich ins Bett. Nach zweiundzwanzig Uhr erlosch hinter den meisten Fenstern das blaue
Fernsehflackern, und kaum jemand war noch auf den
Straßen unterwegs. Sie luden auch nicht gerade zum
Abendspaziergang ein, und die Gaststätten *Birkbusch*,
Hellersdorfer Bauernschänke oder *Talblick* boten kaum
das Ambiente Altberliner Kneipen, in denen es bis tief
in die Nacht hoch herging. Die Werktätigen der DDR
fingen früh mit der Arbeit an, da brauchten sie ihre
Nachtruhe. Darüber wachte der siebenunddreißigjährige Oberleutnant der Volkspolizei (VP) Dietmar Meix-
ner, Abschnittsbevollmächtigter (ABV) im Zentrum
des neuen Stadtbezirks Hellersdorf. Am 1. Juli 1988
erwähnte ihn sogar die Zeitung und vermutete: »Gut
lachen hat er heute ... Viele werden an den heutigen
Tag der Deutschen Volkspolizei denken, die Kleinen
mit einem Ständchen, die Großen vielleicht mit einem
besonders disziplinierten Verhalten auf der Straße.«

Gut zwei Wochen später, am 17. Juli 1988, dürfte
ihm und seinen Genossen das Lachen vergangen sein.
Nachts, gegen zwei Uhr, meldete sich ein aufgeregter
Mann, der in einem roten VW Golf mit dem Kennzeichen EY 88-33 aus dem Bezirk Frankfurt (Oder) eine

männliche Leiche gefunden hatte. Thomas Sindermann, damals als Major der Volkspolizei einer der leitenden Mordermittler, bearbeitete den Fall: »Das Auto hat ein Bürger aufgefunden, der hat sofort die Polizeistreife gerufen, und die hat dann alles Weitere veranlasst. Die Leiche wurde sofort gesehen – die hatten vergessen, den Kofferraum zu schließen. Der war in nacktem Zustand, und dann war noch Säure über die Leiche verkippt, und man wollte faktisch darstellen, dass eventuell ein Sexualdelikt dahintersteckt.« Deshalb hatten die Täter ihrem toten Opfer nicht nur Salzsäure über den Körper gegossen, sondern ihm auch das Geschlechtsteil abgeschnitten.

Das alles erwies sich jedoch schnell als aussichtsloses Täuschungsmanöver. Über die Nummer des in Ostberlin eher seltenen Autos ermittelte die Polizei innerhalb kürzester Zeit die Identität des Opfers: Detlef J. aus Strausberg bei Berlin, zweiunddreißig Jahre alt. Seine Frau erklärte den Kriminalisten, dass er am Abend zuvor in einer Laube mit ein paar Kumpels verabredet gewesen sei. Mit einem Kriminaltechniker fuhr Thomas Sindermann dorthin: »Wir haben dann auch durch das Fenster geguckt, und da war uns sofort klar, dass dieser Bungalow auch der Tatort war. Es war alles blutverschmiert.« Die Laube gehörte Jürgen S., einem engen Freund des Toten. Gegen ihn richtete sich auch der Anfangsverdacht der Polizei. Doch der zerschlug sich schnell. Jürgen S. hatte ein wasserdichtes Alibi. Zur Tatzeit feierte er mit einer Menge anderer Leute Geburtstag. Das konnten mehrere Zeugen bestätigen.

Nun richteten die Ermittler ihr Augenmerk auf den Bekanntenkreis von Detlef J. und durchsuchten deren Wohnungen und Grundstücke. Dabei geriet ihnen Claus B. ins Visier. Kriminalist Sindermann: »Er lebte auf einem Grundstück und hatte dort eine Regentonne stehen, und er war eben so blöd und hat einige Sachen vom Opfer in dieser Regentonne versenkt. Und er war wohl in dem Glauben, man findet darauf sowieso keine Spuren.« Den Zahn zog ihm der Kriminaltechniker. Er erklärte dem Verdächtigen, dass das Wasser in der Tonne die Spurenlage eigentlich eher begünstigt habe. Thomas Sindermann: »Da ist er umgefallen.«

Schon in der ersten Vernehmung wurde Claus B. vorgehalten: »Sie werden beschuldigt, Detlef J… getötet zu haben.« Der Verdächtige gestand und behauptete gleichzeitig, für die Tat allein verantwortlich zu sein.

Das glaubten ihm die Ermittler nicht. Sie vermuteten, dass es noch mindestens einen weiteren Täter gegeben haben müsse. Mordermittler Bernd Bories erklärt, wie die Polizei darauf kam: »Für uns war eigentlich nicht vorstellbar, dass einer allein die Leiche des Opfers so mal eben in dem Golf hinten verbirgt. Geben Sie ihm einfach einen 70-Kilo-Sack in die Hand und bewegen den!« Es musste also weitere Tatbeteiligte geben. Im Kreis der Bekannten des Opfers kamen die Ermittler so auf Andreas H., der zur Clique um Detlef J. gehörte.

Schon die ersten Verhöre brachten den Durchbruch. Thomas Sindermann: »Und in diesen Vernehmungen haben die beiden dann auch dargelegt, was sie getan haben. Den Tathergang in dem Bungalow haben sie eigentlich ziemlich klar dargestellt.«

Demnach geschah es am Abend des 16. Juli 1988. Detlef J. war mit Claus B. und Andreas H. auf dem Grundstück in der Laube verabredet. Aus irgendeinem Grund, den die Kriminalisten damals noch nicht kannten, kam es zum Streit, der schnell eskalierte. Am Ende wurde Detlef J. erschlagen. Mit den Geständnissen war der Mord eigentlich aufgeklärt. Das meldete die DDR-Presse am 28. Juli 1988 und versicherte: »Weitere Untersuchungen werden geführt.« Über deren Ergebnis war nichts zu hören. Die Nachrichtenagentur Allgemeiner Deutscher Nachrichtendienst (ADN) informierte später nur noch über die Verurteilung der beiden Täter.

Das hing mit dem Motiv der Bluttat zusammen. Es fand sich im Umfeld des Opfers.

Detlef J. führte in Strausberg ein unauffälliges Leben. Er war verheiratet, hatte zwei Kinder und arbeitete als Elektroinstallateur im Betrieb von Horst Wegner. Der konnte nur Gutes über den jungen Mann berichten: »Er war ein offener Typ, der auf Menschen zugehen konnte, der auch sehr hilfsbereit war in seiner ganzen Art. Er kannte viele Leute, und er war ein sehr umgänglicher Typ.« Seine Freizeit verbrachte Detlef J. vorzugsweise mit Jürgen S., dem Besitzer des Laubengrundstücks. Das hatte seinen Grund. Jürgen S.: »Ich war Kfz-Mechaniker, und er hat auch mit Autos gemacht. Über die Schiene haben wir uns kennengelernt. Auf dem Grundstück, auf dem er gewohnt hat, haben wir hinten in der Garage geschraubt.« So wurden alte Autos aufgemotzt, um sie gegen gutes Geld zu verkaufen. Jürgen S.: »Man hat sein Geld nebenbei verdient.«

Das war in der DDR ein sehr lukratives Geschäft, bei dem es nicht immer ehrlich zuging. Oftmals erschien nur der staatlich festgelegte »Taxpreis« auf dem Kaufvertrag, weiteres Geld floss unter der Hand. Betrogene konnten Betrüger kaum dingfest machen, denn zum einen hatten sie selbst illegal gehandelt, zum anderen wurden Überpreise vom Staat eingezogen.

Für die Polizei gab es also genügend Gründe, um in diesem Umfeld von Detlef J. und Jürgen S. weiter herumzustochern. Dabei stieß sie auf recht fragwürdige Geschäfte. Thomas Sindermann: »Wir haben ziemlich schnell den Hinweis erhalten, dass die beiden zur Autoschieberszene gehörten, die bei uns damals sehr verbreitet war.«

Nun stellte sich heraus, dass Detlef J. außerdem unter seinen Bekannten nicht nur mit seinen Kontakten in den Westen geprahlt hatte, sondern offenbar auch über entsprechende »Beziehungen« verfügte. Er fuhr selbst verschiedene Westautos. Der später in diesem Fall »wegen Begünstigung« verurteilte Jürgen S. gab der Polizei einen wichtigen Hinweis zu Claus B., einem der Mörder: »Claus war ein kleiner Al Capone. Er wollte immer auf irgendeine Art und Weise schnell zu Geld kommen, war aber nicht bereit, dafür entsprechend hart zu arbeiten.«

Claus B. verlegte sich deshalb aufs Geschäftemachen. Er kannte den Fahrer eines Pharma-Depots, der während seiner Liefertouren unbemerkt Medikamente stahl. Darunter war auch ganz »heiße Ware« – das Anabolikum »Oral-Turinabol«, fünf Milligramm. Der Volkseigene Betrieb (VEB) Jenapharm entwickelte es Mitte der 1960er Jahre. Ursprünglich wurde das Medikament genutzt, um nach schweren Operationen, wie etwa Eingriffe bei Krebserkrankungen, den Muskelaufbau zu fördern. Kräftige Muskeln brauchten aber auch die Leistungssportler der DDR, damit sie für das Prestige des Landes möglichst viele Medaillen in aller Welt errangen. Sie bekamen das Dopingmittel, meist bewusst falsch als »Vitaminpillen« deklariert, in den Kinder- und Jugendsportschulen und Trainingszentren der DDR. Doch das musste streng geheim bleiben. Trotzdem sprach sich die Wunderwirkung von »Oral-Turinabol« auch unter jenen herum, die seit Anfang der 1970er Jahre begannen, sich für Bodybuilding zu interessieren.

Der aus Amerika kommende Sport galt in der DDR als Auswuchs westlicher Showveranstaltungen und war somit nicht förderungswürdig. Es gab zwar Wettbewerbe, wie etwa den Kampf um den Titel »Stärkster Lehrling der DDR«, aber sie beschränkten sich auf Klimmzüge, Hock-Streck-Sprünge und Ähnliches. Die Bodybuilder mussten sich etwas verschämt »Körperkulturisten« nennen, das englische Wort »Bodybuilding« war verpönt. Und unterstützt wurden sie auch nicht.

Hans Löwe, damals dreiundzwanzig, weiß noch ganz genau, wie er vor fünfundvierzig Jahren mit dem Bodybuilding im mecklenburgischen Gadebusch begann: »Nach meiner Militärzeit bin ich hierher gekommen und habe ab 1974 als Schwimmmeister und im Winter als Schwimmlehrer gearbeitet. Unter sehr einfachen Bedingungen habe ich dann nebenbei eine Kraftsportgruppe aufgebaut. Ich habe da fünfzehn junge Männer um mich scharen können, mit denen ich auf sehr einfache Weise und unter primitivsten Bedingungen guten Sport gemacht habe.« In heimlich geschmuggelten Westzeitungen wurde nach Trainingsmethoden gesucht, die ersten Geräte entstanden als Eigenbau: »Dem Muskel ist es eigentlich egal, ob es eine Wasserflasche, ein Eimer mit Kohlen oder ein Fitnessgerät aus dem Fitnessstudio ist. Der Muskel braucht einfach einen Widerstand, um sich zu entwickeln.« Hans Löwe wurde schnell zum gefragten Mann in der DDR-Körperkulturistik. Sogar DEFA-Indianerhäuptling Gojko Mitić ließ sich von ihm zeigen, was man tun musste, um Kraft und Muskeln aufzubauen. Dass dabei auch die Pillen aus Jena helfen konnten, wusste jeder von ihnen. Hans Löwe: »Ich bin ja selber nicht frei von Doping gewesen, das sage ich auch ganz ehrlich, von Turinabol. Ich kannte persönlich einen Mediziner, der mich ständig kontrolliert hat. Man hatte nur zwei Phasen im Jahr, sechs Wochen, wo man das gemacht hat.«

Offiziell war das Mittel »Oral-Turinabol« für die ungeliebten Kraftsportler in der DDR nicht erhältlich. Journalist Thomas Purschke, der dazu umfangreich recherchiert hat, bestätigt: »Es gab einen illegalen Markt, auch für die Bodybuilder oder Körperkulturistikszene, so dass sie damit ihre Muskeln aufbauen konnten.«

Hier sah damals, Ende der 1980er Jahre, auch Claus B.

seine Chance für ein profitables Geschäft. Filmemacherin Nina Rothermundt gelang es dreißig Jahre danach, ihn vor der Kamera dazu zu befragen. Claus B.: »Es gab dann die Nachfrage nach den Anabolika aus der Kraftsportszene, und da ich mit Kraftsportlern zu tun hatte in meinem Bekanntenkreis war mir die Nachfrage bekannt. Und für mich war das der Moment, mir zu sagen, Mensch, Claus, dir hat doch mal jemand Medikamente angeboten, und da haben wir das Geschäft gemacht.«

Claus B. kaufte bei dem diebischen Pharma-Fahrer 3.200 Packungen »Oral-Turinabol«. Der wollte dafür 8.000 Mark kassieren. Über 5.000 Mark verfügte Claus B. selbst, den Rest borgte er sich von Andreas H. Dann hörten die beiden von ihren Bekannten aus dem Kraftsport, dass die Pillen aus der DDR auch gegen Westmark verkäuflich wären. Es wurde gemunkelt, dass westdeutsche Trainer sehr daran interessiert seien. Das notierte so sogar die Staatssicherheit. Journalist Thomas Purschke: »Offensichtlich haben dann Westdeutsche diesen Handel mitbetrieben und waren froh und dankbar, aus dem Osten billige Anabolika-Tabletten zu bekommen.« In der DDR kostete »Oral-Turinabol« etwa 1.600 Mark pro Packung.

Vor dem Hintergrund derartiger Gerüchte kam Detlef J. ins Spiel, denn er brüstete sich ja stets mit seinen guten Westkontakten. Claus B. fühlte vor: »Ich habe mich mit ihm unterhalten, dass ich etwas hätte, was ich über die Grenze bringen müsste, ob er mir irgendwie behilflich sein könnte.« Der Geschäftspartner in spe erkundigte sich, worum es genau ginge, und erfuhr von den Medikamenten. Claus B.: »Und da sagte er: ›Das sollte kein Problem sein. Ich habe da auch einen Diplomaten, der die Ware rüberbringt.‹« Im Westen sollten die gestohlenen DDR-Pillen rund 30.000 Deutsche Mark (DM) bringen.

Detlef J. übernahm die Medikamente von Claus B., dann ließ er monatelang nichts mehr von sich hören. Ein Dreivierteljahr verging, bis Claus B. und Andreas H. ihren vermeintlichen Geschäftspartner zur Rede stellten. Der wollte nun von dem Deal nichts mehr wissen. Claus B. erinnert sich an den Juliabend in der Laube: »Er hat gesagt: ›Geh doch zu den Bullen, wenn du irgendetwas möchtest.‹ Und dann kam schon die Reaktion.«

Andreas H. schlug mit einem Meißel zu, Claus B. prügelte auf Detlef J. ein, bis er blutig und leblos am Boden lag. Dann wollten die beiden den Mord verschleiern und nach einer Eifersuchtstat mit sexuellem Hintergrund aussehen lassen. Sie zogen den Toten in der Laube aus, packten ihn in den Kofferraum des roten Golfs und fuhren nach Berlin-Hellersdorf.

Es dauerte damals gerade einmal eine Woche, bis die Kriminalpolizei diesen Mord aufgeklärt hatte. Von den Anabolika erfuhr sie erst viel später. Mordermittler Bernd Bories: »Woran ich mich erinnern kann, ist, dass relativ zügig ein in diesem Fall zuständiger Mitarbeiter des Ministeriums für Staatssicherheit der Kreisdienststelle Strausberg vor uns erschien.« Er machte den Genossen klar, dass die Dopinggeschichte streng geheim bleiben musste.

Die Nachrichtenagentur ADN meldete am 11. Oktober 1989: »Das Bezirksgericht Frankfurt (Oder) verurteilte den 27-jährigen Claus B. und den 31-jährigen Andreas H. wegen gemeinschaftlich begangenen Mordes zu Freiheitsstrafen von fünfzehn beziehungsweise dreizehn Jahren und erkannte ihnen die staatsbürgerlichen Rechte für zehn Jahre ab. Wegen Begünstigung wurde gegen den 29-jährigen Jürgen S. eine Freiheitsstrafe von drei Jahren ausgesprochen. B. und H., so wurde in der gerichtlichen Beweisaufnahme nachgewiesen, hatten am 15.7.1988 einen 32-jährigen Mann auf einem Grundstück im Kreis Strausberg vorsätzlich getötet und den Leichnam, der erheblich entstellt war, nach Berlin-Hellersdorf gebracht. (…) Jürgen S., so das Gericht, habe die Aufklärung des Verbrechens bewusst erschwert. Das Urteil ist noch nicht rechtskräftig.«

Das Dopingmittel »Oral-Turinabol« wurde im Prozess nicht erwähnt. Der damalige Verbleib der 3.200 Packungen blieb bis heute ungeklärt.

Ob die juristischen Folgen des im Oktober 1989 massiv einsetzenden Zerbrechens der DDR und ihres Beitritts zur Bundesrepublik am 3. Oktober 1990 Auswirkungen auf das Urteil gegen Claus B. und Andreas H. hatten, ist aus den öffentlich zugänglichen Informationen nicht ersichtlich. Anzunehmen ist, dass der DDR-Richterspruch Bestand hatte, da für Mord seit 1990 zwingend die lebenslange Freiheitsstrafe galt und das Urteil des Bezirksgerichts Frankfurt (Oder) eine mildere Strafe darstellte.

»Mord verjährt nicht, und das ist gut so«

Erfolg und Misserfolg bei der Aufklärung von Altfällen

»Mord verjährt nicht« – das ist ein Satz, der inzwischen zum Standardrepertoire bei der Berichterstattung über die späte Aufklärung alter, manchmal uralter, Kriminalfälle gehört. Oft ist er für die Angehörigen der Opfer als Trost gedacht, manchmal verbindet er sich aber auch nur mit dem späten Lösen und der folgenden Aburteilung eines Falles. So war es am 30. November 2018, als Richter Uwe Tonndorf am Landgericht Gera ein Urteil auf lebenslange Haft gegen den sechsundsechzigjährigen Hans-Joachim G. verkündete und erwartungsgemäß kommentierte: »Mord verjährt nicht, und das ist gut so.«

Das Gericht fällte sein Urteil siebenundzwanzig Jahre nach der Tat. Die Richter sahen es als erwiesen an, dass der vormalige Lkw-Fahrer G. im August 1991 die damals zehnjährige Stephanie Drews in Weimar entführt, später missbraucht und schließlich von der Teufelstalbrücke an der A4 bei Hermsdorf in die Tiefe gestürzt und damit ermordet hatte. Als Mordmotiv sah Oberstaatsanwalt Ralf Mohrmann eine Verdeckungstat, um damit den vorangegangenen Kindesmissbrauch zu vertuschen. Der Mann habe das Mädchen loswerden wollen, weil er befürchtete, eine Polizeistreife könne es an der Autobahn entdecken. Die Aussage des Angeklagten, er hätte Stephanie dort lediglich abgesetzt, um sich ihrer zu entledigen, hielt er für unglaubwürdig. Hans-Joachim G. gestand den Missbrauch, aber nicht den Mord. Sein Verteidiger Stephan Rittler argumentierte, der Beschuldigte hätte gar kein Mordmotiv gehabt. Dem folgte das Gericht nicht. Die Begründung des Anwalts klang skurril: Sein Mandant habe keinen sexuellen Missbrauch gesehen, als er das Mädchen aufforderte, sich auszuziehen, um Nacktfotos von ihr zu machen. Deshalb forderte er Freispruch von der Anklage wegen Mordes. Am 10. Mai 2019 teilte der Bundesgerichtshof mit, dass er die Revision des Angeklagten verworfen habe. Damit wurde das Urteil gegen Hans-Joachim G. rechtskräftig.

Das Verbrechen begann an einem Samstag in den Sommerferien 1991, dem 24. August. Stephanie Drews vergnügte sich mit ihren beiden Geschwistern und einer Schulfreundin im Goethepark in Weimar.

Im siebenundzwanzig Jahre später stattgefundenen Prozess sagte ein Zeuge aus, er habe damals einen Mann gesehen, der im Park fotografierte. Ungewöhnlich sei gewesen, dass sich der Unbekannte hinter einem Steinpodest verbarg. Ob es der Angeklagte war, konnte er nicht mit Sicherheit bezeugen. Keine Zweifel hegte hingegen Stephanies damals zehnjährige Freundin. »Ich erkenne ihn ganz sicher an seinen Augen«, beteuerte sie vor Gericht. Sie wusste auch, dass Stephanie 1991 auf ein Fahrrad sparte. Deshalb sei sie auf das Angebot des fremden Mannes, ihr 50 Mark zu geben, wenn sie ihm den Weg zum Belvedere zeige, eingegangen. Mit ihm zusammen verließ Stephanie dann nach einem längeren Gespräch am »Ochsenauge« den Goethepark. Der Fremde hatte versprochen, sie würde gegen sechzehn Uhr wieder zurück sein, doch Stephanie kam nicht. Der Bruder, damals acht Jahre alt, konnte sich nicht mehr genau an den Ablauf jenes Tages erinnern. Er war mit den beiden Mädchen im Park, meinte aber, die Einzelheiten der Tat erst aus der ZDF-Sendung »Aktenzeichen XY … ungelöst« erfahren zu haben, die am 13. Dezember 2017 lief.

Als die Geschwister am späten Nachmittag des 24. August 1991 ohne Stephanie nach Hause kamen und von dem Vorfall berichteten, suchte der besorgte Vater sofort per Fahrrad den gesamten Goethepark nach ihr ab. Ohne Erfolg. Gegen achtzehn Uhr rief die Mutter schließlich die Polizei. Am 26. August endete jegliche Hoffnung: Kinder entdeckten ein totes Mädchen unter der dreiundfünfzig Meter hohen Teufelstalbrücke an der A4. Es war Stephanie Drews. »Das Kind war vollständig bekleidet, als es gefunden wurde, allerdings fehlten ihre Brille und die rosa Sandalen«, berichtete die Kripo.

Im ersten Jahr nach der deutschen Einheit steckte die Polizei im Osten noch mitten im Aufbau der neuen Strukturen. Niemand wusste, ob er seinen Job als Ordnungshüter behalten werden würde, es herrschte Unsicherheit und Ineffektivität. Möglicherweise deshalb entging den Ermittlern damals, dass Hans-Joachim G. bereits in der DDR als Kinderschänder aktenkundig war und so zum Kreis möglicher Verdächtiger zählte. Erstmals wurde er 1969 wegen pädophiler Neigungen in eine psychiatrische Klinik eingewiesen. Der Mitteldeutsche Rundfunk (MDR) recherchierte, dass er noch vor 1989 nach Westberlin verzogen war und dort 1987 wegen sexuellen Missbrauchs an Minderjährigen ein Urteil von über zehn Monaten auf Bewährung erhielt.

Im Jahr 1994 fiel der kinderlose, geschiedene Mann erneut auf. Fahnder stellten im Zusammenhang mit einem anderen Kindermord bei ihm eine Decke aus Polyacryl sicher. Derartige Kunstfasern waren auch an Stephanies Leiche festgestellt worden – ein Zusammenhang zu diesem Fall wurde damals jedoch nicht sichtbar. Wenig später verging sich Hans-Joachim G. in verschiedenen Thüringer Orten an Kindern. 1996 wurde er wegen Missbrauchs in mindestens drei Fällen verurteilt, dafür soll er auch Kinder entführt haben. Der Mann musste für sechseinhalb Jahre ins Gefängnis, danach in ein psychiatrisches Krankenhaus.

Mit dem Tod Stephanies brachte ihn trotz laufender Ermittlungen zunächst niemand in Verbindung. Immer wieder gab es neue Spuren, doch stets endeten sie im Nirgendwo. So hatte sich zum Beispiel die Polizei im Juni 2017 wegen dieses und zwei weiterer ungeklärter Kindermorde an die Öffentlichkeit gewandt. Daraufhin meldete sich ein Zeuge, der im möglichen Tatzeitraum als Pannenhelfer mit einem Kollegen auf der Teufelstalbrücke einen Kleintransporter und einen Mann sah, der etwas von der Brücke zu werfen schien.

Die beiden Männer nahmen an, dass es sich um eine Panne handelte und sie bald dorthin gerufen werden würden. Sie notierten routinemäßig das Kennzeichen, aber es kam kein Hilferuf. So geriet alles in Vergessenheit. Ein anderer Zeuge meldete sich, nachdem der MDR in seiner Sendung »Kripo live« im Oktober 2017 erneut über den Fall berichtete. Er erinnerte sich an Fragmente der damals noch in Gebrauch befindlichen DDR-Autokennzeichen. Sie wiesen jedoch in die Regionen Dresden und Görlitz und brachten somit die festgefahrenen Ermittlungen auch nicht in Gang.

Erfolg brachten jedoch die Ermittlungen der Kriminaloberkommissarin Carolin Böhme von der Sonderkommission (SOKO) »Altfälle« in Jena. Sie übernahm im Jahr 2016 den Fall und verglich Tausende von Protokollen und Verhaltensmustern der Täter. Als der vorbestrafte Kinderschänder Hans-Joachim G. in den Akten auftauchte, wurde sie stutzig: »Mir ist aufgefallen, dass der Angeklagte bereits 1979 einem Kind Medikamente verabreicht hat. Er fragte nach dem Weg zu Sehenswürdigkeiten, versprach Eis oder Geld als Belohnung.« Es folgte die übliche Routine: »Ich habe mich damit beschäftigt, wo der Angeklagte damals gelebt hat und wie, welche Bezüge er zu Weimar hatte, ob er einen Führerschein damals besaß«, erklärte sie vor Gericht. Von zunächst 142 Tatverdächtigen blieben nach dieser Puzzlearbeit nur 5 übrig. Dann verdichtete sich der Verdacht gegen Hans-Joachim G., und Carolin Böhme ließ ein psychologisches Profil des Mannes erstellen. Mit richterlicher Erlaubnis wurde sein Telefon abgehört, und über eineinhalb Wochen observierte ihn die Polizei rund um die Uhr. Weil er als Lkw-Fahrer überall in Deutschland unterwegs war, habe man ihn in einer aufwendigen Aktion »komplett begleitet«, teilte sie dazu mit.

Am 3. März 2018 wurde Hans-Joachim G. in seiner Wohnung in der Holzhauser Straße in Berlin-Reinickendorf verhaftet. Auf der Straße parkte der von ihm gefahrene DHL-Lkw. Um 8.04 Uhr öffneten Jenaer Beamte des Spezialeinsatzkommandos (SEK) mit einer Kettensäge seine Wohnungstür. Der überraschte Mann griff sie mit einer Eisenstange an, wurde aber sofort überwältigt. Dann brachte ihn die Polizei in die Justizvollzugsanstalt (JVA) Suhl-Goldlauter.

Nicht nur DNA-Nachuntersuchungen, die früher technisch noch nicht möglich waren, festigten den Verdacht gegen Hans-Joachim G., es gab auch ein Geständnis. Nach der Entführung Stephanies aus dem Weimarer Goethepark missbrauchte er das Mädchen auf einem Waldweg. Danach habe er das Kind »loswerden« wollen, weil es ihm »auf die Nerven gegangen« sei. Zunächst gab er dem Mädchen Beruhigungstabletten und nahm auch selbst welche ein. Als er deren Wirkung spürte, sei er in Panik geraten und habe befürchtet, dass er Stephanie eine Überdosis eingeflößt hätte und sie daran sterben könnte. Um den möglichen Tod zu verdecken, habe er sie von der Brücke geworfen.

Diese Aussage bei der Polizei widerrief der Angeklagte vor Gericht. Nun behauptete Hans-Joachim G., er habe das Kind nicht von der Brücke gestoßen, sondern dort lediglich ausgesetzt. Diese Angabe glaubte das Gericht nicht. Zum Brückensturz belegte nämlich ein Gutachten, dass es eines starken Impulses bedurfte, damit der Körper rund acht Meter von der Brücke entfernt aufschlagen konnte.

Ein psychiatrischer Sachverständiger bescheinigte Hans-Joachim G. eine Persönlichkeitsstörung. Die Schuldfähigkeit sei davon aber nicht beeinträchtigt. Bei Gesprächen mit dem Angeklagten in der Untersuchungshaft sei ihm deutlich geworden, dass dieser mit Blick auf seine früheren Straftaten keine Reue gezeigt oder ein Schuldbewusstsein entwickelt habe, erläuterte der Fachmann in der Verhandlung. Vielmehr habe sich Hans-Joachim G. oft selbst als Opfer dargestellt.

Am Ende des Verfahrens um den Mord an Stephanie Drews stand dann siebenundzwanzig Jahre nach der Tat ein Urteil auf lebenslange Haft. Das ist nicht immer der Fall, denn manche Verbrechen sind bis heute nicht aufgeklärt.

Einer dieser »Altfälle« betraf den Mord an dem neunjährigen Bernd Beckmann aus Jena im Sommer 1993. Am 2. September 1994 berichtete die ZDF-Sendung »Aktenzeichen XY … ungelöst« erstmals darüber.

Bernd, 1993 in der dritten Klasse, fühlte sich schon eine Weile nicht wohl in der Schule. Am 6. Juli 1993 erschien er nicht wie gewohnt zum Mittagessen. Nachdem die Eltern seine Schultasche vor der Wohnungstür fanden, schickten sie Bernds große Schwester auf die Suche. Gegen 15.45 Uhr traf sie ihren Bruder in der Innenstadt. Er schimpfte auf seine Lehrerin und erklärte, er wolle nicht nach Hause. Nachdem er auch am Abend nicht in der Wohnung erschien, fuhren die besorgten Eltern seine üblichen Wege ab, ohne etwas zu entdecken. Gegen zweiundzwanzig Uhr informierten sie die Polizei. Etwa zur gleichen Zeit wurde Bernd Beckmann von einem Rentnerpaar im Bus gesehen. Die beiden kamen mit ihm ins Gespräch. Bernd zeigte sich zutraulich und plauderte mit dem Ehepaar. Wieder klagte der Junge über seinen Ärger in der Schule und erzählte, er wolle lieber erst einmal zu Oma und Opa, statt nach Hause, fahren. An der Haltestelle »Kulturhaus« stieg er gemeinsam mit den Rentnern aus und ging in Richtung des Hochhauses, in dem seine Großeltern wohnten.

Seither blieb Bernd Beckmann verschwunden. Im Zuge der Ermittlungen erfuhr die Polizei, dass er dort vergebens klingelte, denn sie waren zu jener Zeit im Urlaub.

Zwölf Tage später, am 18. Juli 1993, wurde die Leiche des Neunjährigen von spielenden Kindern am Saaleufer gefunden. Im Schlamm des Flusses war sie bereits stark verwest, dennoch stellten die Ermittler damals fest, dass Bernd Beckmann mit einer Drahtschlinge erdrosselt worden war. Sie vermuteten, er habe auf dem Rückweg von den Großeltern seinen Mörder getroffen – einen Verdächtigen fanden sie jedoch nicht.

Eine zunächst scheinbar heiße Spur war ein in der Nähe der Leiche aufgefundener Außenbordmotor. Er gehörte zum Ruderboot des damals siebzehnjährigen Enrico T., einem Bekannten des Neonazi-Terroristen Uwe Böhnhardt.

Der rechtsradikale Serienmörder Uwe Böhnhardt zählte zum Kern der Terrorgruppe »Nationalsozialistischer Untergrund« (NSU). Sie war zwischen 2000 und 2007 für zehn Morde, dreiundvierzig Mordversuche, drei Sprengstoffanschläge und fünfzehn Raubüberfälle verantwortlich. Am 4. November 2011 wurde er vermutlich von seinem Komplizen Uwe Mundlos in Eisenach erschossen.

Enrico T. und Uwe Böhnhardt kannten sich aus der Schule, fuhren zusammen Moped und gingen gemeinsam auf kleinere Diebestouren. Für den Rechtsextremisten Böhnhardt war es der Einstieg in eine kriminelle Karriere. Im Februar 1993 wanderte er als Fünfzehnjähriger wegen mehrerer Diebstähle und Körperverletzungen zum ersten Mal für vier Monate in die Jugendstrafanstalt Hohenleuben. Im August 1993 folgte ein Urteil von einem Jahr und zehn Monaten Haft wegen gemeinschaftlichen Diebstahls, Fahrens ohne Fahrerlaubnis und Widerstands gegen einen Vollstreckungsbeamten. Vier Monate später wurde er zum dritten Mal verurteilt, diesmal zu zwei Jahren wegen Erpressung und Körperverletzung.

Dieses kriminelle Umfeld machte auch Enrico T. verdächtig. Für die Zeit des Verschwindens von Bernd Beckmann hatte er kein Alibi, und ein Zeuge belastete ihn. Damals gab er jedoch an, Boot und Motor seien ihm schon Wochen zuvor gestohlen worden. Schließlich versandete die Spur. Im April 2012 wurde Enrico T. erneut verhört, nachdem der NSU aufgeflogen war. Es ging um seine Rolle beim Besorgen der Mordwaffe für Böhnhardt und Mundlos. Nun belastete er seinen ehemaligen Freund: »Nachdem ich von den Taten des Trios in der Presse erfahren habe, vermute ich, dass der Uwe Böhnhardt etwas damit zu tun hat.« Er habe gewusst, wo das Boot damals lag. »Es kann also sein, dass der mir etwas in die Schuhe schieben wollte, weil wir uns irgendwann nicht mehr so gut verstanden haben«, erklärte Enrico T. Beweisen ließ sich nichts, und Böhnhardt lebte nicht mehr.

Vierundzwanzig Jahre nach dem gewaltsamen Tod Bernd Beckmanns begann erneut eine großangelegte Spurensuche. Dabei setzte die nun mit dem Fall befasste Sonderkommission »Altfälle« besonders auf inzwischen entwickelte neue Techniken. Alles begann mit einer umfangreichen Datensammlung und -sicherung. Beamte scannten die Akten von damals und mussten manche sogar neu abschreiben, weil die schlechte Papierqualität technische Probleme bereitete. Dann suchte man nach Foto- und Videoaufnahmen aus dem Sommer 1993. Ganz besonderes Interesse erfuhren der Fundort der Leiche, die Gärtnerei Boock am Saaleufer, und die Sportplätze im Wohngebiet Lobeda-West, wo der Schlüssel des Kindes gefunden worden war. Für Hinweise, die zur Klärung des Verbrechens an Bernd Beckmann führen könnten, setzte die Staatsanwaltschaft Gera eine Belohnung von 5.000 Euro aus. Auch der MDR berichtete in »Kripo live«

am 18. Juni 2017 noch einmal über das tragische Geschehen. Und tatsächlich ergab sich sogar nach so langer Zeit noch ein Hinweis, der letztlich jedoch nicht weiterhalf.

Am 29. Mai 2017 suchte die Polizei mit einem Großaufgebot und der Hilfe von zwei Booten, Kameradrohnen und eines Hubschraubers erneut die Saale in Jena-Burgau ab. All das diente der Erfassung neuer Daten. Prof. Dr. Dirk Labudde von der Hochschule Mittweida, die die neuerliche Suche technisch unterstützte, erklärte den Aufwand. Durch Nutzung eines 3D-Laserscanners sollte ein räumlicher Eindruck des Leichenfundorts entstehen. In ihn ließen sich Weg-Zeit-Berechnungen projizieren und alte Aufzeichnungen und Bilder aus dem Tatzeitraum einarbeiten. Aus all diesen Daten ergab sich ein Modell, das anschließend mit einer neuen, hochkomplexen Software ins Jahr 1993 zurückversetzt wurde. Geklärt werden sollte etwa, in welchem Zustand sich die damalige Ufervegetation befand, wie die bauliche Situation oder das Wetter im Tatzeitraum war, wie hoch das Wasser der Saale stand und welche Strömung es gab. Sogar die damaligen Diebe des weißen Ruderboots, das 1993 an einem selbstgebauten Steg an der Saale lag, wurden aufgefordert, sich zu stellen. Ihre Tat war längst verjährt, und sie hatten nichts mehr zu befürchten, könnten aber wichtige Zeugen sein. Das Boot war, im Gegensatz zu dem seinerzeit daran befestigten Außenbordmotor, nie wieder aufgetaucht.

Rund fünfundzwanzig Jahre nach der Tat wurde

auch die Suche nach dem Absender eines anonymen Briefes erneut aufgenommen. Er war wenige Tage nach der Tat bei den Ermittlern eingegangen. Laut Polizei gab es darin »bedeutungsvolle Hinweise zu den Umständen, wie der Junge zu Tode kam«. Am 27. Juni 2018 teilte die Landespolizeiinspektion Jena mit: »Mit neuen kriminaltechnischen Untersuchungsmethoden konnte jetzt DNA unter der Briefmarke und am Klebefalz gefunden werden. Für die weiteren Ermittlungen ist es dringend notwendig, den Schreiber des Briefes ausfindig zu machen, da er als wichtiger Zeuge im Mordfall Bernd Beckmann angesehen wird. In diesem Zusammenhang versucht die SOKO »Altfälle« nun, mit Hilfe des DNA-Tests an etwa 500 Betroffenen den Autor des anonymen Briefs mit den wichtigen Hinweisen bekannt zu machen. Wir möchten ganz klar deutlich machen, dass es sich hierbei nach gegenwärtigem Kenntnisstand um einen Zeugen, nicht einen Beschuldigten handelt! Bei der Maßnahme handelt es sich NICHT um einen ›Massengentest‹ nach der Strafprozessordnung. Der Speicheltest in diesem Fall findet auf freiwilliger Basis statt. Die genommene DNA wird nur für die Untersuchung in diesem Fall genutzt und danach unverzüglich vernichtet.« Die Polizei hoffte auf die freiwillige Teilnahme von rund fünfhundert Männern aus Jena und Umgebung, »300 davon aus dem direkten Umfeld um Jena Lobeda-West, 200 im größeren Einzugsbereich«. Die Aktion traf bei vielen auf Verständnis, erbrachte aber letztlich keine brauchbare Spur.

Der Fall Bernd Beckmann blieb bis heute ungeklärt. Ermittelt wird trotzdem weiter, denn bekanntlich verjährt Mord niemals.

Medienmonster »Rosa Riese«

Ein Serienmörder in Brandenburg

Die Todesstrafe gab es in Deutschland 1991 schon lange nicht mehr. Trotzdem wurden Menschen öffentlich hingerichtet – von Presse, Funk und Fernsehen. Einer von ihnen war Wolfgang Schmidt aus dem brandenburgischen Dörfchen Rädel. Als er am 30. November 1992 in Potsdam zu fünfzehn Jahren Freiheitsstrafe mit vorheriger Einweisung in ein psychiatrisches Krankenhaus verurteilt wurde, kannten viele Leute den sechsundzwanzigjährigen Mann eher als »Beelitz-Mörder«, »Rosa Riese«, »Monster« oder »Bestie von Beelitz«. Unter Schlagzeilen mit dieser Klassifizierung, die über abscheuliche Taten von Mord und Vergewaltigung berichteten, glaubten sie, auch über den Menschen Wolfgang Schmidt Bescheid zu wissen. Seine Taten sind weder zu entschuldigen noch zu relativieren. Aber es ist die Sache des Gerichts, deren Schwere und Hintergründe zu bewerten.

Weil das Urteil die Psychiatrie vor das Gefängnis setzte, rief es eine nahezu hysterische öffentliche Diskussion hervor. Man sorgte sich, der Mörder und Vergewaltiger Wolfgang Schmidt könne zu schnell wieder freikommen. Volkes Stimme forderte Rache: »Zum nächsten Baum und aufhängen« oder »Todesstrafe ist noch zu milde«, war zu hören. Und weil die Morde in der Phase des Zusammenbruchs der DDR begannen und es bis 1991 dauerte, bevor der Täter dingfest gemacht werden konnte, fehlte auch nicht: »Das alte System wäre mit einer solchen Sache besser umgegangen.« Dass es auch in der DDR keine Todesstrafe mehr gab, spielte keine Rolle.

Verteidigerin Anke Müller versuchte, dieser Vorverurteilung entgegenzuwirken. Sie sprach in ihrem Plädoyer am Ende des Prozesses nicht nur die Richter und den Staatsanwalt an, sondern richtete ihr Wort auch demonstrativ an den Angeklagten mit »Sehr geehrter Herr Schmidt«. Für den Grund danach befragt, erklärte sie, nicht für eine »Bestie«, sondern für einen »verängstigten, an sich selbst leidenden Menschen« zu sprechen. Mit dieser Bewertung blieb sie ziemlich allein. *Bild* berichtete nach dem Urteil: »Die Bestie weint. Tränen eines Mitleidlosen. Fünf Frauen, ein Baby ermordet.«

Der Kriminologe und Autor Stephan Harbort versteht die ambivalente Haltung der Gesellschaft zu derartigen Außenseitern: »Wir fürchten uns besonders vor Menschen, die das Unmenschliche nicht scheuen, sondern danach trachten, sich daran ergötzen und dafür töten: Serienmörder. Ihre Opfer sind vogelfrei. Die Täter leben jenseits der sozialen Ordnung, aber mitten unter uns ... Das Lebensmotto der ›Monster‹ und ›Bestien‹, die wir gern verbal etikettieren und sozial exekutieren, mit denen wir aber sonst nichts zu schaffen haben wollen, schockiert: Ich morde, also bin ich.« Dieser Gedanke ist schwer verständlich, denn Triebtäter verweigern sich mit ihren Taten jeglicher ethischer und moralischer Norm.

Wolfgang Schmidt beging seinen ersten Mord am 24. Oktober 1989. Die einundfünfzigjährige Verkäuferin Edeltraut Nixdorf arbeitete im Garten ihres Bungalows in Deetz. Sie ahnte nicht, dass zur gleichen Zeit ein von seinem Sexualtrieb gesteuerter Mann auf der nahen Müllkippe nach einem Fetisch für seine Befriedigung suchte: Frauenwäsche. Er fand nichts. »Ich habe in mir eine große Enttäuschung und einen großen Schmerz festgestellt, weil die Hoffnung nicht erfüllt wurde«, sagte Wolfgang Schmidt später vor Gericht. Er suchte weiter, stieg in ein Haus ein, dann in das nächste, und dort entdeckte er schließlich einige Schlüpfer. Plötzlich sah er auch eine Frau und stürzte sich auf sie. Edeltraut Nixdorf wehrte sich mit ihrer Harke und schrie, bis sie der 1,90 Meter große Mann niederrang und ins Haus schleppte. Dort erschlug er sie mit einem Hammer. Danach würgte und drosselte er die Leblose und wickelte die Leiche in ein Bettlaken. Vor Gericht sagte Wolfgang Schmidt: »Ich musste die Frau einfach in meiner Gewalt haben. Ich wollte sie zur Ruhe zwingen, um nicht, was ich im Prinzip schon hatte, wieder zu verlieren. Dass ich sie tödlich verletzen könnte, daran habe ich überhaupt nicht gedacht. Ich wollte nur lebende Frauen.« Sein unbeherrschbarer Trieb hatte zum ersten Mal die Oberhand über sein Denken gewonnen.

Sieben Monate später, am 24. Mai 1990, tötete er die fünfundvierzig Jahre alte Christa Naujoks durch Würgen und Drosseln. Es geschah auf einer Mülldeponie in Ferch, auf der sie in einem alten Bauwagen hauste. Wieder trieb ihn sein Innerstes, nach gebrauchter Damenwäsche zu suchen, als er die mit vier Promille schwer alkoholisierte Frau schreien hörte. Wolfgang Schmidt erklärte später, er wollte ihr eigentlich zur Hilfe kommen: »Da hatte ich dann ihre Brust in der Hand. Ich geriet dermaßen in Erregung, dass ich mich nicht mehr bremsen konnte ... Ich packte mir ein Kabel, erdrosselte die Frau. Ich zog sie aus, zog mir ihre Unterwäsche an, verging mich an der Toten.« Ihre Leiche wurde am folgenden Tag gefunden. Die Trainingshose war heruntergezogen, der Büstenhalter hochgeschoben.

Die Spuren von dem sexuellen Missbrauch und die an beiden Tatorten um die Opfer drapierten Wäschestücke wiesen auf ein sich wiederholendes Tatmuster hin. So, als habe sich der Täter »durch die Kleider in Erregung bringen« wollen, wie die Polizei damals ahnte. Einmal befand sich unter der gefundenen Kleidung ein rötlicher Rock – nun wurde der noch unbekannte Serienmörder zum »Rosa Riesen«.

Am 9. Juli 1990 fanden Bauarbeiter auf einer Mülldeponie bei Wust die schwerverletzte, achtundfünfzigjährige Edith W., die dadurch gerettet werden konnte. Wolfgang Schmidt hatte auf sie eingestochen und sie dann mit einem Pfahl niedergeschlagen: »Ich war völlig besessen, die Frau unter meiner Kontrolle zu haben.« Die Abstände zwischen seinen unkontrollierbaren Ausbrüchen schrumpften. Wolfgang Schmidt musste weiter morden. Und niemand sah es ihm an. Die Polizei tappte im Dunkeln.

Acht Monate später, am 13. März 1991, traf er in einem Waldgebiet zwischen Neuendorf und Borkheide auf die vierunddreißig Jahre alte, arbeitslose Köchin Inge Fischer aus Neuendorf. Es war ein Zufall. Wolfgang Schmidt hatte sich dort einen Unterschlupf mit getragener Damenwäsche und zerrissenen Pornoheften eingerichtet, in dem er sich aufhielt. Er traktierte die Frau mit Fußtritten ins Gesicht und erstach sie. Erst acht Tage später fand man sie, mit hochgeschobenem Rock und voller Kot, von Moos bedeckt und in Unterwäsche, die ihr nicht gehörte.

Am 22. März 1991 tötete Wolfgang Schmidt die vierundvierzigjährige Tamara Petrowskaja nahe der Ortschaft Beelitz-Heilstätten. Ihr Mann arbeitete dort als sowjetischer Militärarzt. Das Opfer ging mit dem drei Monate alten Sohn Stanislaw spazieren. Ihr Mörder knebelte die Frau mit einem Slip und erdrosselte sie mit einem Büstenhalter. Der Junge starb an schwersten Schädelverletzungen. An den Tatablauf konnte sich Wolfgang Schmidt vor Gericht angeblich nicht erinnern. Das Tatortprotokoll hielt damals fest: »Der Täter hat das Kind mit großer Gewalt gegen eine Baumwurzel geschlagen.« Die Leiche der Frau schleppte der Mörder zu einem Haufen Damenwäsche.

Nur zwei Wochen später, am 5. April 1991, überfiel er die damals zwölfjährigen Schülerinnen Jana H. und Jana W. am Sputendorfer Waldrand. »Ohne ein Wort zu sagen, stach der Täter auf die Mädchen ein«, konstatierte die Polizei. Die Mädchen wehrten sich verzweifelt, zerkratzten dem Angreifer das Gesicht. In Panik lief Wolfgang Schmidt weg. Beide überlebten mit schweren Stichverletzungen. Im Prozess sagte er aus, dass er danach nur seinen unbeherrschbaren Trieb spürte. Wolfgang Schmidt wollte mit dem Zug nach Hause fahren. Auf dem Weg durch den Wald sah er ein unbeleuchtetes Haus. Am Abend dieses 5. April erwürgte Wolfgang Schmidt dort die bereits schlafende sechsundsechzig Jahre alte Rentnerin Talita Bremer. Dann verging er sich an der Leiche, stahl Blusen, Röcke und Schlüpfer seines Opfers; 3.000 Mark Bargeld ließ er liegen. Es war seine letzte Gewalttat.

Am 1. August 1991 fiel den Joggern Mike Klein und Andreas Siegel der große Mann im Wald auf, der unter seiner grünen Tarnjacke einen hellblauen Unterrock und einen BH trug und ein Brecheisen bei sich hatte. Sie überwältigten ihn. Es war der gesuchte Serienmörder.

Vor Gericht versuchte Wolfgang Schmidt, seinen schleichenden Weg in die sexuelle Obsession zu beschreiben. Mit sechs, sieben Jahren begann er, die Unterwäsche seiner Mutter anzuziehen. Es schuf ihm ein angenehmes Gefühl. Schnell merkte er, dass es sich verstärkte, wenn er die Wäsche mit Urin und Kot beschmutzte. Als die Eltern die Kleidung in der Scheune versteckt fanden, setzte es Prügel und Hausarrest. Die Regie führte dabei die Mutter. Wolfgang Schmidts Vater wollte sich nicht in die Erziehung seiner Söhne einmischen. *Spiegel*-Gerichtsreporterin Gisela Friedrichsen analysierte ihre Beobachtungen dazu im Prozess: »Die Mutter, die der Junge als unzugänglich erlebte, konnte er mit Hilfe der Wäsche ganz nah an sich heranholen. Das Abweisende spürte er dann nicht. Im Alter von acht, neun Jahren fängt er an, sich selbst zu befriedigen. Die Lustgefühle steigen, wenn er Sperma, Urin und Kot in die Wäsche bringt. Büstenhalter stopft er aus, wenn er sich damit bekleidet, und tastet sich ab. Noch größere Gefühle durchfluten ihn, wenn er auch in die Büstenhalter kotet.« Das alles hatte nur für Wolfgang Schmidt einen Sinn: »Der Junge versetzte sich durch das Einkoten ins Babyalter zurück, wehrte aber gleichzeitig durch das Beschmutzen die beherrschende Mutter ab. Beschmutzen, das hat immer auch etwas mit Erniedrigen zu tun. Später erniedrigte er mit seinen Sexualpraktiken die Opfer.«

Kriminologe Stephan Harbort erkennt in derartigem Verhalten Parallelen zu anderen Tätern: »Emotionale Zurückweisung durch Mutter und/oder Vater, allgemeine Vernachlässigung des Kindes und Prügelpädagogik sind die häufigsten Fehlerziehungsformen. Die späteren Täter werden so schon früh in eine Außenseiterposition gedrängt, ihre Existenz wird geprägt von Misstrauen und Misserfolgen, das Vertrauen in Menschen und Beziehungen geht weitestgehend verloren. Dafür jedoch müssen sie hautnah erfahren, dass sich ein Mittel besonders eignet, um Probleme zu lösen und sich durchzusetzen: Gewalt.«

Wolfgang Schmidt übte sie blind aus, suchte sich später Zufallsopfer, wenn ihn seine »innigsten Wünsche« trieben. Seine Opfer waren dann meist ältere

Frauen. Das merkwürdige Verhalten des heranwachsenden Jungen fiel der Mutter schon weit früher auf, und sie berichtete der Kinderärztin davon. Die Medizinerin sah darin pubertäres Ausprobieren, das sich von selbst legen würde. Es geschah nichts.

Derweil nahm die sexuelle Abweichung des jungen Mannes immer mehr seine Persönlichkeit in den Würgegriff. Wie ein Süchtiger fühlte er sich getrieben, seine Fetische zu erlangen. Nachdem ihm das Schlafzimmer im Haus der Eltern verschlossen blieb, streifte Wolfgang Schmidt über Müllkippen und suchte wilde Abfallgruben in den Wäldern. Er fand so viele Kleidungsstücke von Frauen, dass er sich Depots anlegte.

Nach außen führte Wolfgang Schmidt ein anderes Leben. Er lernte Kranfahrer im Stahlwerk Brandenburg und ging mit neunzehn Jahren zur Bereitschaftspolizei. »Zucht und Ordnung« gefielen ihm, wie er vor Gericht sagte. Er machte Karriere und brachte es bis zum Hauptwachtmeister. Dennoch wuchsen auch Selbstzweifel, und das Selbstwertgefühl verkümmerte. Nach außen schien weiter alles in Ordnung zu sein. Wolfgang Schmidt lernte seine erste Freundin Christina kennen, damals fünfzehn Jahre alt. Er näherte sich ihr behutsam, brauchte zwei Jahre bis zur intimen Beziehung. Aber da war dieser Dämon in seinem Kopf. Immer wieder ging er in den Wald und lebte dort seine abartigen sexuellen Phantasien aus. Er wünschte sich eine Frau, mit der er sie gemeinsam erleben könnte, sagte Wolfgang Schmidt später einem Psychologen. Egal ob sie es auch wollte oder nicht.

Stephan Harbort kennt dieses Verhaltensmuster: »Die bei Serienmördern zu beobachtenden Motive haben in acht von zehn Fällen sexuelle Bezüge oder sind finanzieller Natur. Der Begriff ›sexuell‹ ist allerdings in einer Vielzahl von Fällen unzutreffend, da die meisten Täter nicht nach Sexualität im engeren Sinne verlangen, sondern sexualisierte Gewalt ausüben wollen … Sie treibt in erster Linie das Bedürfnis, einen Menschen zu beherrschen, zu kontrollieren, über ihn schrankenlos zu verfügen. Sexuelle Handlungen werden dabei lediglich instrumentalisiert, um dem Opfer die eigene Übermacht zu demonstrieren. Die Intimsphäre wird bewusst durchbrochen und schließlich vollständig aufgehoben. Das Opfer soll erkennen, empfinden und erdulden, gerade ihm vollkommen ausgeliefert zu sein – auf Gedeih und Verderb. Diese sich etappenweise vollziehende Entrechtung und Entwürdigung des Opfers wird ausgekostet und mündet (fast) immer in die Vernichtung von Menschenleben; der finale Akt, Vollzug und Bestätigung eigener Machtgelüste. Sexuelle Handlungen werden also zweckentfremdet, um hierdurch ein nicht-sexuelles Bedürfnis befriedigen zu können.«

Im April 1989 endete Wolfgang Schmidts Karriere bei der Volkspolizei. Er hatte mit einigen Genossen den hundertsten Geburtstag Adolf Hitlers gefeiert. Derartiges rechtsradikales Auftreten war innerhalb der »Sicherheitsorgane« der DDR keine absolute Ausnahme. Oft artikulierte sich damit eine Melange aus der gewünschten Militarisierung der Gesellschaft und gegen die herrschende Ideologie. Bei Wolfgang Schmidt schien eine ausländerfeindliche und rechtsradikale Orientierung zu überwiegen, an die sich später Mitschüler erinnerten.

Nach außen blieb er der höfliche, zurückhaltende junge Mann. »Frisiert, im Anzug und in seiner freundlichen Art könnte man ihn für einen Versicherungsvertreter halten«, urteilte später Staatsanwalt Hans Grünwald.

Nach dem Verlust von »Zucht und Ordnung« bei der Polizei holperte es in Wolfgang Schmidts Leben. Diebstahl am Arbeitsplatz, Prügeleien mit Kollegen und Wechsel der Arbeitsstelle zwischen Tankstelle, Stahlwerk und LPG bestimmten die Zeit vor der ersten Tat. Alkoholisiert demolierte er die eigene Wohnung. Auch das sieht Kriminologe Stephan Harbort als gemeinsames Merkmal mit anderen Tätern: »Die mitunter verschrobenen Vorstellungen und handfesten Erfahrungen der eigenen Unzulänglichkeit bedingen häufig ein sozial abweichendes Verhalten. Wer sich als anders oder gar abartig empfindet, scheut die Gemeinschaft. Denn dort drohen (vermeintliche) Entlarvung, Entmachtung, Enttäuschung und Erniedrigung – eine von vielen Tätern gemachte leidvolle Lebenserfahrung.«

Wolfgang Schmidt kompensierte sie, indem er Menschen ermordete und viele Unbeteiligte dadurch mit ins Unglück riss. Gerichtsreporterin Gisela Friedrichsen resümierte am Ende des Prozesses gegen ihn: »Ein Mensch hat Schreckliches getan. Es scheint, als seien seine Taten in ihrer Monstrosität unerreicht. Er hat es immer wieder getan. Wenn es über ihn kam, von ihm Besitz nahm, ihn trieb – dann gab es kein Halten. Er wollte es nicht. Er versuchte, davon loszukommen. Er schämte sich seines schrecklichen Andersseins. Er hatte panische Angst vor der Entdeckung dieses Andersseins. Er verkroch sich und verwischte die Spur, in die es ihn immer weiter trieb. Doch wenn es wiederkam, zunehmend schlimmer, konnte niemand sich vor ihm schützen. Er brach über seine Opfer herein wie eine Naturkatastrophe oder ein Flugzeug, das auf ein Hochhaus stürzt. Da war nichts mehr zu verhindern, zu bremsen oder zu zügeln.«

Seit dem Urteil 1992 bis heute ist Wolfgang Schmidt im Maßregelvollzug Brandenburg/Havel untergebracht. Dort verbüßt der Mörder keine Strafe, sondern ist ein Patient. Das Ziel des Aufenthalts in der Klinik ist eine erfolgreiche Therapie als Voraussetzung für den Strafvollzug. In Brandenburg beantragte Wolfgang Schmidt eine Geschlechtsumwandlung und eine Namensänderung. Dem stimmte 2001 ein Gericht zu. Seither heißt er offiziell »Beate«. Das deutet auf eine zuvor stattgefundene, gelungene Behandlung hin. Über die potentielle Gefährlichkeit und die Lockerungen von Insassen des Maßregelvollzugs entscheiden jedes Jahr unabhängige Experten. Eine Entlassung zur anschließenden Strafverbüßung des inzwischen über Fünfzigjährigen ist derzeit nicht geplant.

Die Presseschlacht um den »Rosa Riesen« oder wahlweise »die Bestie von Beelitz« ging auch nach dem Urteil 1992 noch eine Weile weiter. *Bild* und die damals existierende Boulevardzeitung *Super!* konkurrierten um exklusive Informationen. Die Eltern von Wolfgang Schmidt wurden befragt und seine Freundin Christina, zu jener Zeit von ihm schwanger, ausgemacht. »Sie ging mit der Bestie tanzen – und dann ins Bett«, schrieb *Bild. Super!* konterte mit der Erklärung: »Unsere Christina war dem Monster hörig«. Volkes Stimme forderte, das Kind abzutreiben, damit es nicht »wie der Vater werde«. Prompt bestätigte ein ungenannter »Genetik-Professor«, dass derlei »Defekte über die Gene weitergegeben« werden würden. Die junge Frau gab dem öffentlichen Druck nach. Persönlichkeitsrechte spielten zu jener Zeit keine besonders große Rolle: Adressen erschienen, Arbeitsstellen wurden genannt, Bekannte und Verwandte von Opfern und Tätern vorgestellt.

All das kommt bei solchen Fällen immer wieder vor. Kriminologe Stephan Harbort mahnt deshalb: »Bei jedem Mord stirbt nicht nur das Opfer, auch Eltern, Geschwister, Freunde und Bekannte werden mitgerissen in den dunklen Schlund der Verzweiflung, sterben Stück für Stück einen qualvollen mentalen Tod. Für viele gibt es keine Wiederkehr, die seelischen Wunden vernarben nur. Aber auch wenn der tiefe Schmerz so verständliche Gefühle wie Wut, Hass und Rache in uns wachrufen, wir die Täter am liebsten zum Teufel wünschen, sie in der Hölle schmoren sehen möchten, sollten wir die Schuldigen nicht nur moralisch verdammen und juristisch verurteilen, sondern auch die

Ursachen erkennen, besser noch: anerkennen. Das fällt schwer, denn einem anderen das Leben zu nehmen, ist das schwerste Verbrechen, das ein Mensch begehen kann. Eine Gesellschaft, die das Töten tabuisiert und die Verantwortung delegiert, darf dennoch nicht nur strafen, sondern muss auch helfen.«

Schatten des Zweifels

Mysteriöser Selbstmord und ein tödlicher Jagdausflug

Am 7. August 1991 trug das Boulevardblatt *Mitteldeutscher Express* aus Halle die Schlagzeile: »Kirchen-Chef von Sachsen war Stasi-Offizier«. Einen Tag später hieß es: »Bestürzung, Empörung, Fassungslosigkeit – so die Reaktion der Kirche auf die EXPRESS-Schlagzeile von gestern: Kirchen-Chef Detlef Hammer war Stasi-Offizier«.

Sowohl die Tatsache als auch die Stimmung waren damit zutreffend beschrieben. Der im April 1989 zum Präsidenten des Evangelischen Konsistoriums in Magdeburg berufene Jurist hatte mehr als zwanzig Jahre lang ein Doppelleben geführt. Als Offizier im besonderen Einsatz (OibE) unter dem Decknamen »Günther« und zuletzt im Rang eines Majors machte er gleichzeitig eine Karriere in der Leitung der Kirchenprovinz Sachsen und im Ministerium für Staatssicherheit (MfS). Oberkirchenrat Harald Schultze wertete damals die »exzeptionelle Rolle« des Falls Detlef Hammer so: »Bisher ist kein zweiter Vorgang bekannt, wo ein inoffizieller Mitarbeiter des MfS von seiner Studentenzeit an so erfolgreich aufgebaut und in eine Schlüsselfunktion einer großen Landeskirche eingeschleust werden konnte. Es handelt sich um einen gelungenen Spionagefall.« Zu diesem Zeitpunkt war Detlef Hammer seit drei Monaten und vier Tagen tot.

Der aus dem Erzgebirge stammende Mann begann 1968 ein Jurastudium in Halle. Er engagierte sich in der evangelischen Studentengemeinde und wurde 1970 von der Stasi als Inoffizieller Mitarbeiter (IM) »Detlef« verpflichtet. Der Student ließ sich taufen und konfirmieren und erwarb in der Gemeinde so viel Vertrauen, dass ihm die Kirche den Eintritt in ihren Dienst anbot. 1974, inzwischen bereits beim MfS als OibE eingestellt, wurde er im Konsistorium der Kirchenprovinz Sachsen juristischer Konsistorialrat. Im Laufe der Jahre erlangte Detlef Hammer den Rang eines Oberkonsistorialrats und arbeitete als Dezernent für Pfarrerausbildung, Diakonie und Ökumene. Im Spätsommer 1990 plante er die Scheidung von seiner damaligen Frau. In diesem Zusammenhang bot er der Kirchenleitung die Aufgabe seines inzwischen verliehenen Amtes als Konsistorialpräsident an, das er ab 1. Mai 1990 ausübte. Das lehnte die Kirche ab. Vereinbarungsgemäß war das Amt auf Wunsch Hammers ohnehin auf zehn Jahre befristet worden.

Am 2. April 1991 feierte der Einundvierzigjährige bis tief in die Nacht fröhlich mit Freunden und Bekannten seinen Geburtstag. Er erzählte, dass er sich ein großes Boot gekauft habe, am liebsten aus dem Dienst des Konsistoriums ausscheiden wolle und davon träume, auf einer Insel zu leben.

Am nächsten Tag um 7.30 Uhr wollte ihn sein Fahrer Stefan P. zu einer Dienstreise nach Naumburg abholen. Das Fenster in Detlef Hammers Wohnung am Breiten Weg in Magdeburg stand offen, Licht brannte, doch er erschien nicht. Vier Stunden später entschlossen sich Stefan P. und der Personalleiter des Konsistoriums, Werner S., noch einmal nachzusehen. Da die Tür verschlossen war, holten sie die Polizei und einen weiteren Mitarbeiter der Kirchenverwaltung zur Hilfe. In der Wohnung wurde eine Leiche gefunden. Die Polizisten riefen über Funk den Notarzt und die Kriminalpolizei, die vier Leute schickte. In deren Bericht hieß es später: »Die auf dem Sofa liegende Leiche war vollständig bekleidet. Der Verstorbene trug einen dunkelblauen Anzug. Die Leiche lag in Rückenlage, die Arme lagen neben dem Körper. (…) Da ein Suizid zunächst nicht ausgeschlossen wurde, suchte man gemeinsam nach einem Abschiedsbrief bzw. nach Bandaufzeichnungen. Beides wurde nicht gefunden. Im Badezimmer lag auf einem kleinen Tisch ein Band von ›Rainer Rilke‹. Beim Auffinden dieses Buches entstand … der verstärkte Verdacht des Suizids.«

Die beiden Kirchenmitarbeiter identifizierten den Toten als Detlef Hammer. Der Arzt verglich ihn mit dem aufgefundenen Ausweis und bestätigte die Identität. Er stellte fest: »Kein Anhalt für nicht natürlichen Tod.«

Dennoch sollte eine Obduktion die Todesursache klären. Sie wurde in der Pathologie der Medizinischen Akademie Magdeburg unter Aufsicht von Oberarzt Professor Theuring durchgeführt. In ihrem Ergebnis diagnostizierte der Pathologe eine chronische Koronarinsuffizienz, die zum plötzlichen Herztod geführt hatte.

Die wenig später erfolgte Enthüllung der Stasitätigkeit des Konsistorialpräsidenten, sein Auftreten in der sächsischen Kirchenleitung und der Schock des plötzlichen Ablebens ließen sowohl im Kreis der Kollegen von Detlef Hammer als auch in seinem persönlichen Umfeld Spekulationen über den Tod und seine Ursachen entstehen.

Oberkirchenrat Harald Schultze beschrieb das so: »Kollegen gegenüber hat Hammer im Hinblick auf Erwartungen an Selbstanzeigen ehemaliger Stasi-Mitarbeiter erklärt, es sei doch besser, sich dann selbst einen Strick zu nehmen. Die Folgen einer solchen Selbstanzeige könne doch keiner aushalten.« Auch seine offenkundig zur Schau getragenen emotionalen Nöte erschienen jetzt in einem anderen Licht: »Kollegen, die mit ihm freundschaftlich verbunden waren, spürten aus seinen Andeutungen, dass wahrscheinlich die bevorstehende Ehescheidung nicht der zureichende Grund für die Andeutungen sei, dass Hammer sich schäbig und unglücklich fühlte.« Mit Blick auf die letzten Stunden im Leben des Einundvierzigjährigen stellte Schultze fest: »Auch legt die Tatsache, dass … keinerlei medizinische Hinweise auf eine Erkrankung vorlagen und der Geburtstagsabend wie eine Abschiedsszene gestaltet wurde, den Gedanken nahe, dass die Angst vor der Enthüllung, vielleicht aber auch die innere Zerrüttung, die Zerstörung der eigenen Identität, den Entschluss nährten, dem Leben ein Ende zu setzen.« Dem hielt er jedoch gleichzeitig entgegen: »Auch hier steht das Ergebnis der Obduktion dagegen … Wer den Gedanken nicht loswerden kann, dass es sich doch um einen Suizid handelt, muss die fachliche Qualität oder die Ehrlichkeit des Obduktionsgutachtens in Zweifel ziehen.«

Eine extreme Ausprägung erfuhr der Verdacht einer unnatürlichen Todesursache, als 1992 ein Magdeburger Naturwissenschaftler die These vertrat, Detlef Hammer sei von der Stasi ermordet worden. Oberkirchenrat Schultze kommentierte sie so: »Wenn man davon ausgeht, dass Major Detlef Hammer über die Staatssicherheit viel wusste, und wenn es wahrscheinlich war, dass irgendwann im Jahr 1991 die Enthüllung erfolgen konnte, war nicht abzusehen, was Detlef Hammer dann alles erzählen würde. Wenn man weiter davon ausgeht, dass die Staatssicherheit im Frühjahr 1991 noch über genügend Verbindungen verfügte, um so etwas zu tun, dann also scheint es nicht unwahrscheinlich, dass sie Detlef Hammer vergiften ließ. Bei der Obduktion wurde im Blut nichts an toxischen Stoffen gefunden.« Daraus folgerte er: »Diese These ist freilich unbeweisbar und bedarf mehrerer Hilfsmaßnahmen, um wahrscheinlich zu werden. Gerade deshalb ist sie aber auch nicht widerlegbar.«

Aus der Familie des Opfers wurde hingegen die feste Überzeugung geäußert, dass Detlef Hammer noch lebe. Harald Schultze: »Der ältere Bruder Detlef Hammers, Dietrich Hammer, hält es für unbewiesen, dass sein Bruder wirklich tot sei. Er vertritt vielmehr die Vermutung, dass es sich bei dem angeblichen Tod seines Bruders um eine höchst geschickte Manipulation handle, bei der ein Leichnam untergeschoben worden sei. Sein Bruder sei jedoch in Wirklichkeit untergetaucht und ins Ausland gegangen. Wahrscheinlich lebe er dort irgendwo.«

Diese Meinung untermauerte er mit ihm aufgefallenen Abläufen im Zusammenhang mit den Trauerfeierlichkeiten und der schnellen Einäscherung des Leichnams. Weiterhin verwies er auf das saturierte materielle Umfeld seines Bruders, das aus seiner Sicht das »Abtauchen« wahrscheinlich machte. *Der Spiegel* schrieb dazu Anfang 1995: »Hammer kam rasch voran – in beiden Welten. Mit seinem Führungsoffizier handelte er stetig höhere Zahlungen und Vergünstigungen durch die Stasi aus. Zugleich beriet er Ausreisewillige und ließ sich dafür gut entlohnen. Von einer Familie übernahm er günstig ein schönes Haus in Magdeburg, andere überließen ihm Bargeld. Bald übertraf Hammers Gehalt das seines Führungsoffiziers bei weitem, er reiste in die Schweiz, nach Dänemark und sogar nach Tansania. Die Stasi leitete gegen ihren Mitarbeiter eine konspirative Kontrolle ein und überprüfte seine Kontostände. Ergebnis: Im Januar 1986 hatte Hammer bereits 300.000 Mark auf ostdeutschen Sparkassenkonten untergebracht – für DDR-Verhältnisse eine enorm hohe Summe. Überdies besaß er zwei Autos, ein Wohnhaus und ein Wochenendhaus am See sowie eine Grafiksammlung im Wert von mehreren hunderttausend Mark. Auch im Westen hatte er sich, von der Stasi unbemerkt, Bankkonten angelegt. Nach der Wende soll sein Vermögen etwa eine Million Mark (West) betragen haben.«

Der Verdacht, Detlef Hammer habe sich mit Hilfe der Stasi und seines Geldes abgesetzt, wurde von seinem Bruder so überzeugend vorgetragen, dass die Staatsanwaltschaft Magdeburg im Februar 1993 erneut Ermittlungen zur Todesursache einleitete. Offenbar hielt auch sie das weitere Funktionieren von Strukturen des MfS, das längst aufgelöst und abgewickelt war, nach der deutschen Einheit für möglich. Eine Ermittlergruppe des LKA Magdeburg unter der Leitung von Kriminalhauptkommissar Zantopp prüfte durch Zeugenbefragungen die Todesumstände, die Hintergründe der Obduktion und des Verlaufs der Trauerfeierlichkeiten. Neben Dietrich Hammer stießen sie auf eine weitere Person, die ernsthaft versicherte, davon zu wissen, dass Detlef Hammer noch lebe. Belege dafür konnten jedoch nicht erbracht werden.

Am 11. Juni 1993 stellten die Kriminalbeamten fest: »Die Zweifel hinsichtlich der Todesumstände des Dr. Hammer wurden durch die bisherigen Ermittlungen nicht bestätigt.« Daraufhin vermerkte Staatsanwältin Raffalski unter der Registriernummer 33 AR 13/93 am 16. Juni 1993: »Nach dem Ergebnis der Ermittlungen ist davon auszugehen, dass Dr. Hammer tatsächlich verstorben ist. Die Ermittlungen sind damit abgeschlossen.«

Mehr als drei Jahre später kam wieder ein Kirchenmann in Sachsen zu Tode. Die Umstände ließen sich nicht im Geringsten mit dem Ableben Detlef Hammers vergleichen, trotzdem war der Schatten des Zweifels wieder da, als am 5. Februar 1997 gegen dreizehn Uhr Wolfgang B. und seine Gattin auf dem Landwirtschaftsweg vom Örtchen Neuer Anbau nach Steinbach zwei leblose Körper entdeckten. Der Mann und die Frau waren erschossen worden. Neben ihnen lag ein Hund, ebenfalls von Pistolenkugeln getötet.

Die Polizei identifizierte die Toten als Roland und Petra Adolph. Der Mann, Jahrgang 1946, gehörte als Oberlandeskirchenrat zur Leitung der Evangelisch-Lutherischen Landeskirche Sachsens. Noch zu DDR-Zeiten, 1978, wurde er Mitglied der sächsischen Landessynode, verantwortlich für Grundsatzfragen in den Beziehungen zwischen Staat und Kirche, für die Diakonie, die kirchlichen Ausbildungsstätten und die Kinder- und Jugendarbeit. Das hatte ihn nicht nur in Sachsen bekannt gemacht, sondern schnell auch die Stasi auf den Plan gerufen. Spätestens ab 1981 bearbeitete sie ihn im Operativen Vorgang »Synodaler«. Sein kritischer Geist und die umfangreichen Westverbindungen ließen ihn für den DDR-Geheimdienst zum »feindlich eingestellten Pfarrer« werden.

Als Vertreter der Kirche begann Roland Adolph 1989, mit Gleichgesinnten in der Bautzner Straße in Dresden das MfS abzuwickeln. Er gehörte zu den Ersten, die die Stasiarchive betraten, und in der Arbeitsgruppe »Quellenschutz« bekam er Zugang zu den brisantesten Informationen. Wenig später legte der

Kirchenfunktionär diese Tätigkeit nieder, ohne den Grund dafür öffentlich zu machen.

Schnell wurde spekuliert, der Tod von Roland und Petra Adolph und ihrem Hund Hedda sei ein später Racheakt der Stasi gewesen. Hatten nicht gerade an jenem nasskalten Februartag Sachsens Justizminister Steffen Heitmann (CDU) und der Bundesbeauftragte für die Stasi-Unterlagen, Joachim Gauck, in Dresden ein Dokumentations- und Informationszentrum zur Stasi eröffnet? Und brach nicht am gleichen Tag Siegmar Faust, dem Landesbeauftragten für die Stasi-Unterlagen, bei der Fahrt aus der Garage ein Rad von seinem Dienstwagen ab?

Anfragen bei der Polizei beantwortete diese mit dem üblichen Standardsatz: »Wir ermitteln in alle Richtungen.« Schon wenige Tage nach den Schüssen im Karauschenholz ging die Polizei jedoch von einem tragischen Zufall aus. Ihre Spurensucher hatten am Tatort zahlreiche Patronenhülsen und Projektile gefunden.

Roland Adolph und seine Frau gingen gern auf die Jagd. Im Februar hatte er ein paar Tage Resturlaub aus dem vorangegangenen Jahr genommen, und auch seine Frau, in der Moritzburger Diakonie-Buchhandlung tätig, genoss einige freie Tage. Kurz nach dem Mittag machten sie sich auf den Weg ins Karauschenholz bei Moritzburg, ihrem Jagdgebiet. Sie wollten das Wild füttern. Wahrscheinlich hörten sie dabei Schüsse in ihrem Revier. Roland Adolph, ein Mann von barocker Statur, hatte seine Pistole bei sich und wollte nachsehen, wer da sein Unwesen treibe. Dabei stieß das Paar wahrscheinlich auf drei jüngere Männer, die planlos in der Gegend herumballerten. Allein der Wegweiser nach Weinböhla wies später drei Treffer auf.

Die Ermittler stellten fest, dass aus zwei Pistolen geschossen wurde, die etwa sieben Wochen zuvor aus der Kanzlei eines Anwalts gestohlen worden waren. Die Suche nach den Waffen selbst verlief ebenso ergebnislos wie Zeugenaufrufe im Fernsehen. Daran änderte auch ein Steckbrief nichts, der für den entscheidenden Hinweis 100.000 Mark Belohnung auslobte.

Ein solches Versprechen wirkt aber manchmal wie ein Schleppnetz, in dem sich ein paar kleinere Ganoven verfangen. So geschah es auch in diesem Fall. Ein polizeibekannter Waffennarr aus dem Rheinland, der Mitte der 1990er Jahre in Dresden einem Drogenring vorstand, geriet ins Visier der Ermittler und packte nach seiner Verhaftung im Juli 1998 und einem Deal mit der Staatsanwaltschaft als Kronzeuge aus. Das führte zu neuen Verdächtigen und im Jahr 2000 schließlich zu Manfred R., dessen Speichelprobe während einer Haft im Gefängnis Waldheim nach einem Raub 1991 asserviert worden war. Nun passte sie zur »Spur 24«, einer am Tatort gefundenen Zigarettenkippe.

Manfred R., der bereits fünfzehneinhalb Jahre seines dreiunddreißigjährigen Lebens hinter Gittern verbracht hatte, gestand den Einbruch in der Anwaltskanzlei. Er erzählte, dass er die erbeuteten Waffen am 5. Februar 1997 im Karauschenholz an andere verkaufen wollte. Dabei nannte er immer wieder neue Namen seiner angeblichen Käufer, doch nach einigen Wochen behauptete er schließlich, er sei allein im Wald gewesen und habe das Ehepaar Adolph erschossen, weil sie ihn anzeigen wollten.

Zwei Tage später widerrief Manfred R. sein Geständnis. Trotzdem wurde es in dem am 9. Januar 2001 vor dem Landgericht Dresden begonnenen Prozess zum wichtigsten Argument für seine Verurteilung.

Richter Werner Stotz räumte ein, dass die Beweislage lückenhaft war: »Die Frage, wer den Finger am Abzug hatte, kann nicht beantwortet werden.« Dennoch sah die Kammer das ursprüngliche Geständnis als glaubhaft an: »Es war nicht Ausdruck einer momentanen Depression«, sagte der Richter. Der Angeklagte habe mehreren Personen gestanden und dabei geweint und Reue gezeigt. Gleichzeitig billigte er dem Angeklagten ein »Augenblicksversagen« zu und stellte keine besondere Schwere der Schuld fest: »Er ist kein erbarmungsloser Killer«, sondern ein Mensch, der »in unfassbarer Weise eine ihm sonst wesensfremde Tat verübte«.

Ausführlich widmete sich Werner Stotz in der Urteilsbegründung der mangelhaften Spurenlage und setzte sich mit den verschiedenen Tatversionen des Angeklagten auseinander. Unstrittig blieb, dass Manfred R. die von ihm gestohlenen Waffen an zwei Dresdner Gangster verkaufen wollte und sie dabei während der Probeschüsse im Karauschenwald vom Ehepaar Adolph erwischt wurden. Doch dann erzählte er das eine Mal, einer seiner Kumpane habe »die Nerven verloren« und auf den Jäger und dessen Frau geschossen, das andere Mal, es seien beide Waffen-Interessenten gewesen und auch er wäre von ihnen bedroht worden. Manfred R. behauptete, selbst überhaupt nicht geschossen zu haben. Als Grund gab er wahlweise eine Ladehemmung oder ein leeres Magazin an. Das Gericht glaubte ihm nicht. Richter Stotz fasste zusammen: »Was Sie uns da präsentierten, ist der Wurf eines Gangsterbosses mit Wattebäuschchen.« Einen Zeugen laufen lassen – so reagiere kein Bandenchef nach einem Doppelmord, meinte er.

All die wabernden Gerüchte – vom Fememord der Stasi über eine Auseinandersetzung zwischen Drogenbanden bis hin zur Kunstmafia – spielten im Prozess noch einmal eine Rolle, beweisen ließ sich nichts davon. Staatsanwalt Dieter Kiecke räumte ein, dass nicht alle Einzelheiten schlüssig zu belegen waren. Verteidiger Jürgen Saupe zeigte sich nicht von der Schuld seines Mandanten überzeugt und kündigte nach dem Urteil Revision an.

Trotz der letztlich nicht geklärten Widersprüche wurde Manfred R. am 29. Juni 2001 zu einer lebenslangen Haftstrafe verurteilt. Bis zum 4. März 2015 saß er sie in Bautzen ab, dann wurde er mit einer Bewährungszeit von fünf Jahren entlassen. Richter Reinhard Schade vom Landgericht Görlitz bestätigte, dass er für diese Zeit bis Januar 2020 auch unter Führungsaufsicht stehe und ihn ein Bewährungshelfer unterstütze.

Manfred R. lebt derweil in Sachsen. Zur Frage, ob er möglicherweise von der Polizei besonders geschützt werden muss, da es ja Bedrohungen geben könne, wenn an all den Gerüchten doch etwas dran gewesen wäre, gab es keine Antwort.

Der Minister und sein Auftragskiller

Mordkomplott eines Spitzenpolitikers

Die Eingangshalle des Berliner Bahnhofs Zoo mit ihrem quirligen Treiben sollte der Treffpunkt sein. Am Freitag, dem 27. Juli 2001, erschien dort ein schmächtiger, bärtiger Mann, den vielleicht der eine oder andere noch aus der Zeitung kannte: Jochen Wolf, neunundfünfzig Jahre alt und Anfang der 1990er Jahre Minister für Stadtentwicklung, Wohnen und Verkehr im Bundesland Brandenburg. Er hatte ein paar Tausend Mark in der Tasche, die er dem ehemaligen Fremdenlegionär Ralf M. für eine Dienstleistung schuldete. Dieser arbeitete bei Jochen Wolfs Ehefrau Ursula, von der der ehemalige SPD-Politiker getrennt lebte, als Gärtner. Doch nicht für die Hege von Blumen stand eine Rechnung offen, sondern für einen Mord an seiner Gattin, den der frühere Minister im November 2000 in Auftrag gegeben hatte. Jochen Wolf hatte bereits seine Anzahlung geleistet und nun noch den Restbetrag zu begleichen.

Er glaubte an jenem Tag, der makabre Job sei gemäß seiner Anweisungen erfüllt worden. In der Woche vor dem angepeilten Mordtermin hatte sich Jochen Wolf extra auf eine Dienstreise nach Osteuropa begeben. Dann telefonierte er mit seinem Killer, bevor das Treffen am Bahnhof Zoo vereinbart wurde: »Anderthalb

Jahre habe ich gewartet und bin drei Mal verarscht worden. Ich zahle erst, wenn ich die offizielle Bestätigung habe, dass das Problem beseitigt wurde.« Ralf M. konterte mit einer sarkastischen Bemerkung: »Soll ich dir eine Schaufel geben? Willst du sie ausbuddeln?« Nun glaubte ihm sein Auftraggeber und machte den Übergabetermin für das restliche Geld fest.

Der einstige Fremdenlegionär hatte Frau Ursula aber nicht erschossen, sondern war rechtzeitig zur Polizei gegangen. Dort erzählte er von dem Mordkomplott, von dem er zuvor bereits einem Mithäftling berichtet hatte, denn Ralf M. saß wegen kleinerer Delikte nach Übernahme des Auftrags gerade wieder einmal ein. Die Polizei versicherte sich daraufhin seiner tätigen Mitwirkung bei der Verhinderung und Aufklärung des Verbrechens.

Die Brandenburger Ermittler behielten die Frau Jochen Wolfs vorsichtig und diskret im Auge. Da der vermeintlich gedungene Mörder nun ihr V-Mann war, drohte ihr keine Gefahr. Es fehlte aber noch an Beweisen für den geplanten Auftragsmord. Deshalb wurde das Telefon des einstigen Ministers überwacht und ihm schließlich eine Falle gestellt. Ralf M. meldete sich bei Jochen Wolf, erklärte, die Ehefrau »auf Reisen geschickt« zu haben, und verlangte das ausstehende Geld. So kam schließlich das Treffen am Bahnhof Zoo zustande.

Dort verhaftete ein Sondereinsatzkommando den überrumpelten Jochen Wolf. Damit ging eine steile politische Karriere endgültig zu Ende.

Der Mann, der sich auf deren Höhepunkt schon als Ministerpräsident des nach der deutschen Einheit neu gegründeten Landes Brandenburg sah, und auch öffentlich aus seinen Ambitionen keinen Hehl machte, wurde 1941 in Kleinolbersdorf bei Chemnitz geboren. Er absolvierte eine Ausbildung zum Großhandelskaufmann, arbeitete einige Zeit als Berufskraftfahrer und studierte dann bis 1974 im Fernstudium an der Dresdner Hochschule für Verkehrswesen »Friedrich List«. Dort erwarb Jochen Wolf ein Diplom als Ingenieur-Ökonom. Es folgte der Aufstieg bis zum Abteilungsleiter in der einzigen DDR-Auslandsspedition »Deutrans«, die einen großen Standort in Potsdam hatte. Sie erlangte nach 1990 in den Ermittlungen zur Regierungskriminalität Aufmerksamkeit, weil sie in schwarze Geschäfte beim illegalen Technologieimport verwickelt und an der Westspionage der Stasi beteiligt war.

Im Oktober 1989 gehörte Jochen Wolf zu den Gründern der Sozialdemokratischen Partei in der DDR (bis Januar 1990 SDP, danach SPD) und wurde erster Vorsitzender des Bezirksvorstands Potsdam. Nach der Wahl am 18. März 1990 setzte ihn Ministerpräsident Lothar de Maizière (CDU) als Regierungsbevollmächtigten für Brandenburg ein. Er sollte die Wiedergründung des Landes organisieren. Am 14. Oktober 1990 zog Jochen Wolf in Brandenburgs Landtag ein. Manfred Stolpe (SPD) machte ihn 1991 zum Minister für Stadtentwicklung, Wohnen und Verkehr. Schnell galt Wolf jedoch als »schwächstes Glied« der Regierung.

Mitarbeiter kritisierten intern seinen »cholerischen Führungsstil«. Am 5. August 1993 verlor er den Posten wegen eines Immobilienskandals. 1994 trat er aus der SPD aus.

Rasant ging es auch in Jochen Wolfs Privatleben zu. Seine erste Ehe mit Frau Kristina dauerte von 1961 bis 1967. Das Paar hatte drei Kinder. Die nächste Partnerin, Erika T., schied 1975 von eigener Hand aus dem Leben. Fast vierzig Jahre später kommentierte das der Witwer nüchtern: »Meine zweite Frau war nymphoman. Nachdem bei ihr Gebärmutterkrebs festgestellt wurde, sah sie keinen Lebensinhalt mehr und brachte sich um. Sie kniete sich vor den Gasofen und atmete tief ein.« Später war ihr Tod Anlass zu Spekulationen, die durch einen Auftritt eines seiner Söhne in dem Sat.1-Magazin »Akte 01« befördert wurden. Sie blieben aber ohne Folgen. Die dritte Ehe mit Frau Gabriele hielt 1977 nur acht Wochen. Erst mit Frau Ursula entstand eine neue Familie, das Paar bekam einen weiteren Sohn.

Jochen Wolfs Karriereknick begann mit dem Kauf eines 900-Quadratmeter-Grundstücks in Groß Glienicke zum Vorzugspreis von 87.000 Mark. Vermittelt hatte es Potsdams damaliger Immobilienkönig Axel Hilpert.

In der DDR organisierte der umtriebige Mann im Auftrag der »Kunst und Antiquitäten GmbH« die Beschaffung von Antiquitäten für den Export gen Westen. Für die Hauptabteilung II des Ministeriums für Staatssicherheit arbeitete er gleichzeitig als Inoffizieller Mitarbeiter unter dem Decknamen »Monika«. Als Anfang der 1980er Jahre die Stasi bei den Antiquitätengeschäften intern Korruption in sechsstelliger Höhe nachwies, sorgte die Spionageabwehr dafür, dass die Ermittlungen gegen Axel Hilpert 1985 eingestellt wurden.

Unmittelbar nach dem Ende der DDR machte sich der ehemalige Antiquitätenhändler als Immobilienmakler mit seinem »Kontor für Brandenburgische Liegenschaften« in Potsdam selbständig. Nach der Einführung der DM verfügte Axel Hilpert nicht nur über ein Millionenvermögen, sondern auch noch über seine alten Verbindungen. Das zeigte sich, als er 1996 und 1997 beim Auffinden eines gestohlenen Bildes von Caspar David Friedrich und eines bis dahin verschollenen Mosaiks des Bernsteinzimmers half.

Für seine Gefälligkeit beim Verkauf des Grundstücks an den damaligen Bauminister Jochen Wolf soll Axel Hilpert von ihm die Umwidmung eines Stückes Ackerland in Bauland bekommen haben. Zu diesem Grundstücksdeal gab es 1999 ein Gerichtsverfahren. In erster Instanz wurde Jochen Wolf zu einer Geldstrafe verurteilt, in der Berufungsverhandlung die Sache dann gegen Zahlung einer Geldauflage von 8.400 Mark wegen Geringfügigkeit eingestellt.

Axel Hilpert drehte derweil am ganz großen Rad. Im Jahr 2005 eröffnete er ein luxuriöses Gästeresort am Schwielowsee. Der damit verbundene Subventionsbetrug brachte ihm nach Prozessen in verschiedenen Instanzen eine Verurteilung zu einer Gefängnisstrafe von drei Jahren und neun Monaten und die Verpflichtung zur Rückzahlung von 3,278 Millionen Euro erhaltener Fördergelder an die Investitionsbank des Landes Brandenburg ein. Im März 2018 fiel dazu das Urteil gegen Axel Hilpert. Vier Monate später trat er seine Haftstrafe in Berlin-Hakenfelde an. In der Nacht zum 9. August 2018 verstarb er in der Justizvollzugsanstalt.

Für Jochen Wolf holperte es nach seinem Rücktritt weit weniger in der Karriere. Seinen nächsten Job klagte er vor Gericht ein, indem er auf seine Rechte als Beamter pochte. Da ihn das Land Brandenburg nirgendwo brauchte, schuf es die »Bescheinigungsstelle für Energieteilrechte« in Potsdam und machte Jochen Wolf für 10.000 Mark Monatslohn brutto zum Chef der Minibehörde. Als Berater der Brandenburgischen Außenhandelsagentur (BRAHA) reiste er nun öfters nach Osteuropa, um Wirtschaftskontakte zu pflegen. Dabei lernte Jochen Wolf die zweiundzwanzigjährige Dolmetscherin Oksana Kusnezowa kennen. Die attraktive Frau folgte ihm nach Deutschland, denn er versprach ihr nicht nur seine Liebe, sondern auch, sie als Fotomodell für Unterwäsche groß herauszubringen.

Wegen dieser Liaison entwickelte sich eine Ehekrise, die sich schnell zuspitzte. Am Ende stand der Mordplan an seiner Frau, für den sich Jochen Wolf 2002 dann vor Gericht verantworten musste.

Über den zuvor stattgefundenen Rosenkrieg berichtete am 12. Februar 2002 *Der Tagesspiegel*: »Seine Ehe mit dieser Frau sei nur noch eine perfekte Organisationsgemeinschaft gewesen. Als Oksana 1995 in sein Leben trat, habe er dies wie einen Befreiungsschlag empfunden. Er habe die Scheidung gewollt, Ursula habe auf einem Trennungsjahr bestanden, um weiterhin finanzielle Vorteile zu erlangen. Seine Ehefrau sei die Härtere gewesen, er hingegen der Lautere. Ursula habe zu Handgreiflichkeiten geneigt, auch schon mal Geschirr und den Telefonhörer nach ihm geworfen. Aus Angst vor einem ›aggressiven Durchbruch‹ sei er aus dem Haus in Groß Glienicke ausgezogen. In einer kleinen Wohnung habe er es genossen, wenn Oksana bei ihm sein konnte. Es sei eine ›Beziehung auf gleicher Augenhöhe‹ gewesen, so Wolf. In der zweiten Jahreshälfte 1996 sei jedoch seine finanzielle Lage immer verzweifelter geworden. Seine verhasste Ehefrau habe sämtliche Konten pfänden lassen. Ihm sei klar gewesen: Es kommt der Tag, an dem ich nicht einmal mehr die Miete für die Wohnung bezahlen kann. Diesen Termin habe er sich gesetzt, um freiwillig aus dem Leben zu scheiden. Auch Oksana habe an Selbstmord gedacht … Nach einer Phase relativer psychischer Ausgeglichenheit – Oksana konnte für längere Zeit in Deutschland bleiben – kam es zur Katastrophe. Wolf hatte erfahren, dass seine Frau illegal putzen ging. Am 21. Dezember 1998 sei es zu einer tätlichen Auseinandersetzung zwischen den Frauen gekommen.«

Dabei ging es dramatisch zu. Jochen Wolf und seine Geliebte hatten vereinbart, die im Wege stehende Frau zu töten. Ursula Wolf erinnerte sich vor Gericht: »Sie bedrohte mich mit einer Pistole. Ich konnte mich aber wehren.« Anhand eines Haarbüschels, das sie der Angreiferin ausriss, wurde die handgreifliche Begegnung zweifelsfrei belegt. Tags darauf brachte sich Oksana Kusnezowa dann mit einem Kopfschuss aus der Pistole ihres Liebhabers in dessen Badewanne um. Sie glaubte nicht mehr an die versprochene Hochzeit mit dem immer noch verheirateten Jochen Wolf, und ihr Touristenvisum war abgelaufen.

Bereits vorher hatte sich die finanzielle Lage des einstigen Ministers trotz seines immer noch guten Verdienstes zugespitzt. Nachdem sich Jochen Wolf für ein Zusammenleben mit Oksana entschieden hatte, blieb er Unterhalt an Frau und Kind schuldig. Deshalb wurde ein Großteil seines Gehalts gepfändet. Ein Sachverständiger berichtete dem Gericht: »In jener für ihn aussichtslosen Zeit habe er André D. kennengelernt. Der habe sich erboten, einen Killer zu besorgen, um das ›Problem Ursula‹ gegen ein Entgelt von 10.000 Mark aus der Welt zu schaffen. Als monatelang nichts geschehen sei, habe er das Geld zurückerhalten.« Mit dem Selbstmord Oksanas war auch der Plan gescheitert, dass sie »das Problem« erledigen würde. Für Frau Ursula schloss Jochen Wolf eine hohe Lebensversicherung ab.

Nach seiner Verhaftung am 27. Juli 2001 berichteten die Medien in ganz Europa über den knapp einen Monat später sechzig Jahre alt gewordenen »Killer-Minister«. In der Untersuchungshaft unternahm er einen Selbstmordversuch. Mit einem Einwegrasierer schnitt er sich die Pulsadern auf, verlor sehr viel Blut, konnte aber gerettet werden. Seine Frau Ursula ging derweil mit dem Familiendrama in Talkshows. Dort berichtete sie immer wieder das Gleiche: »Wenn er nicht so viel Geld für Anwälte, Killer und Detektive ausgegeben hätte, wäre er klargekommen.«

Als Anfang Januar 2002 vor dem Potsdamer Landgericht der Prozess gegen den ehemaligen Minister Jochen Wolf begann, beherrschte schnell der dramatische Scheidungskrieg die Verhandlung. Ursula Wolf zog nach knapp dreiundzwanzig Jahren Ehe eine bittere Bilanz: »Er hat mich während der Ehe immer wieder angebrüllt – ich fühlte mich geschlagen.« Auch die Kinder habe er »planmäßig« geschlagen. Nachdem sie 1995 bemerkt habe, dass ihr Mann ein Verhältnis unterhielt, habe sie ihm drei Monate Bedenkzeit gegeben. Dann verlangte sie die Scheidung. Daraufhin habe ihr Mann erklärt: »Wenn du Krieg willst, bekommst du ihn.« Bereits 1996 und 1998 seien von Jochen Wolf zwei Scheidungsanträge gestellt worden, berichtete seine Frau. Wegen unvollständiger Angaben ihres Mannes zu seinen Vermögensverhältnissen erwies sich der eine als ungültig, den zweiten focht sie aus diesem Grund an. Mit jeder Gerichtsniederlage im folgenden Scheidungsverfahren sei ihr Mann wütender geworden und habe immer »neue Dinger« gegen sie gestartet.

Ganz anders stellte ein enger Freund des ehemaligen Ministers den Richtern die Lage dar. Dessen Frau habe immer wieder überzogene finanzielle Forderungen gestellt, berichtete er. Von seinem damaligen Einkommen, das nach seinen Aussagen bei 10.000 Mark brutto lag, habe Jochen Wolf eine Monatsrate von 5.000 Mark für das von seiner Frau bewohnte Haus und 2.000 Mark Unterhalt zahlen müssen. »Jochen lebte am Existenzminimum.«

Zur Sprache kam auch, dass sich Jochen Wolf als Opfer einer politischen Verschwörung gegen sich sah. Er vermutete, so eine Zeugin vor Gericht, dass sich hochrangige brandenburgische Regierungsmitglieder gegen ihn verschworen hätten, um seinen politischen Aufstieg zu verhindern. Dass sich ihr Mann als Opfer eines Komplotts sah, bestätigte auch Ursula Wolf. Das Ende seiner politischen Karriere habe er nie verwunden.

Jochen Wolf hatte bereits am Anfang der Verhandlung eingeräumt, einen Killer zur Ermordung seiner Ehefrau angeheuert zu haben. Laut Anklage unternahm er 1997 den ersten und 2000 einen zweiten Versuch, seine Frau töten zu lassen.

Der Auftritt des angeblich dazu auserkorenen »Auftragskillers« ließ dann einen Hauch von kleinkrimineller Halbwelt durch Potsdams Landgericht wehen. Der vielfach vorbestrafte Ralf M. berichtete, wie er sich extra die Haare geschoren habe und sich dann in Lederkleidung warf, um Jochen Wolf augenscheinlich als Killer zu erscheinen. Seine Statur, ein Schrank von Mann mit Stiernacken und vernarbtem Gesicht, passte ohnehin. Den Auftrag auch auszuführen, habe der frühere Fremdenlegionär, ebenso wie sein Mittelsmann André D., nie vorgehabt. Sie wollten nur das in

Aussicht gestellte Killerhonorar von 20.000 Mark abkassieren. Ralf M. erzählte ausführlich, wie er Wolf immer wieder hinhielt und trotzdem schon einen Vorschuss einsackte. Zur Maskerade gehörte, dass er sich bei Ursula Wolf als Gärtner bewarb: »Wir haben uns phantastisch unterhalten«, erklärte der Hauptbelastungszeuge dem Gericht. Dem Ehemann habe er dann erzählt, er sondiere bereits das Gelände für die geplante Tat.

Der medizinische Gutachter Alexander Böhle bestätigte Jochen Wolf die volle Schuldfähigkeit. Trotz einer Persönlichkeitsstörung mit depressiven und paranoiden Zügen seien die Kriterien für eine erhebliche Einschränkung der Steuerungsfähigkeit nicht gegeben.

Am 27. Februar 2002 verurteilte Richter Horst Barteldes den einstigen SPD-Star und Minister in Brandenburg zu fünf Jahren Haft. Staatsanwalt Peter Mitschke hatte auf sieben Jahre Freiheitsentzug plädiert, Verteidiger Stefan Waldeck strebte einen Freispruch an. »Ich halte das Urteil für falsch«, kommentierte er den Spruch. Der Staatsanwaltschaft schien die Strafe hingegen zu niedrig. Deshalb musste der Bundesgerichtshof endgültig entscheiden.

Am 6. November 2002 beschlossen die obersten deutschen Richter: »Das Landgericht Potsdam hatte den ehemaligen Brandenburger Verkehrsminister Jochen Wolf wegen versuchter Anstiftung zum Mord zu fünf Jahren Freiheitsstrafe verurteilt ... Der 5. (Leipziger) Strafsenat des Bundesgerichtshofs hat die Revision des Angeklagten durch einstimmig gefassten

Beschluss als offensichtlich unbegründet verworfen. Damit ist Wolfs Verurteilung jetzt rechtskräftig.«

Zwei Drittel seiner Haftstrafe musste Jochen Wolf bis 2004 absitzen. Dann war von ihm nichts mehr zu hören, bis die Wissenschaftler vom Zentrum für Zeithistorische Forschung (ZZF) Potsdam Jutta Braun und Peter Ulrich Weiß in ihrer vom Land Brandenburg geförderten Abhandlung *Im Riss zweier Epochen* für 2006 den Tod Jochen Wolfs vermeldeten.

Das war offenbar eine schlampige Recherche, denn Ende August 2014 fand *Bild*-Reporter Nikolaus Harbusch den inzwischen dreiundsiebzigjährigen einstigen Aufsteiger alleinlebend in einer Zwei-Zimmer-Wohnung in Brandenburg an der Havel. Die Tat, für die er im Gefängnis saß, sah Jochen Wolf nun so: »Ich wollte den Killer abbestellen, da klickten die Handschellen vor dem Krawattengeschäft am Bahnhof Zoo. Das war kein Verbrechen. Das war nur Dummheit von mir.« Ihn plagten derweil ganz andere Sorgen: »Ich sollte eigentlich 1.189,63 Euro Altersrente bekommen. Doch der Landtag pfändet zu Unrecht meine Bezüge. Sie behaupten, sie hätten mir zu viel Übergangsgeld gezahlt. Ich muss jetzt mit rund 1.100 Euro im Monat auskommen.«

Der »Satansmord« von Sondershausen

Der Fall Sandro Beyer: »Wir haben ihn vorsätzlich ermordet …«

»Wir haben ihn am Donnerstagabend vorsätzlich ermordet, das heißt, wir haben ihn um zwanzig Uhr ungefähr am Rondell getroffen und sind mit ihm dann in
den Garten gegangen, das heißt in den Bungalow von
Hendrik Möbus, wo Sandro sich auf einen Schaukel-
stuhl setzte und wir uns auf die umliegenden Stühle,
um uns vorgeblich mit ihm zu unterhalten. Die ganze
Tat war eigentlich relativ spontan überlegt. Wir haben
uns irgendwann überlegt, der Typ muss einfach weg,
und es gibt einfach keine logisch erklärbaren oder
nachvollziehbaren Motive dafür.«

Dieses Mordgeständnis sprach der siebzehnjährige
Schüler Sebastian S. am Abend des 5. Mai 1993 der
Polizei in Sondershausen aufs Tonband. Er und seine
Mitschüler Hendrik Möbus und Andreas K. hatten ih-
ren Schulkameraden Sandro Beyer erdrosselt.

Dessen Mutter Cornelia Beyer erinnert sich an
den Abend seines Verschwindens am 29. April 1993:
»Mach dir keine Sorgen, ich bin Viertel nach acht wieder zurück, und du kannst mit dem Essen auf mich
warten«, verabschiedete sich an jenem Tag ihr fünfzehnjähriger Sohn. Die zwei Jahre jüngere und ihm
flüchtig bekannte Schulkameradin Juliane hatte ihm

einen Zettel zugesteckt, mit dem er zu einem Rendezvous zum Rondell beim alten Kriegerdenkmal bestellt wurde. Als Sandro gegen zweiundzwanzig Uhr noch nicht wieder zu Hause war, machten sich die unruhigen Eltern auf die Suche. Sie durchstreiften den Wald, klingelten bei Schulkameraden – niemand wusste, wo Sandro war. Weit nach Mitternacht alarmierten sie die Polizei. Da die Eltern den Eindruck hatten, ihrer Vermisstenanzeige würde nicht besonders intensiv nachgegangen, suchten sie die nächsten Tage weiter. Cornelia Beyer: »Dann hat uns ein Jugendlicher gesagt, dass es da oben ein verlassenes Grundstück gibt mit einem Haus, wo sich ab und zu Jugendliche getroffen hatten und Feten feierten.« Die Frau ging auch in diesem großen weißen Gebäude auf die Suche. Sie fand ein T-Shirt ihres Sohnes: »Am Hals war Blut.« Neben dem einstigen Wohnhaus, voller Unrat, befand sich das Wochenendhaus der Eltern eines Schülers des Geschwister-Scholl-Gymnasiums. In Sondershausen blühten derweil Gerüchte. Sandro Beyers Verschwinden habe etwas mit einem Racheakt zu tun, hieß es.

Am 5. Mai 1993 gingen dann auch die Ermittler diesen Gerüchten nach. Sie vernahmen Sebastian S., Hendrik Möbus und Andreas K., gegen die dann am gleichen Abend Haftbefehl erlassen wurde. Kriminalkommissar Frank Blasius zur damaligen Polizeiaktion: »Hendrik wurde durch mich selbst vernommen und hat dann auch in seiner Vernehmung vehement abgestritten, dass er an einer in Rede gestellten Tötung des Sandro beteiligt gewesen wäre. Anders war es dann beim Andreas, der einräumte, dass Sandro durch drei gemeinschaftlich Handelnde ums Leben gebracht wurde.« Wenig später sprach dann auch Sebastian S. sein Geständnis in den Rekorder. Nach einer von Andreas K. angefertigten Skizze fand die Polizei sieben Tage nach der Vermisstenanzeige die in einer Baugrube vergrabene Leiche.

Über das völlig unklare Motiv des Mordes berichtete *Der Spiegel* wenige Wochen danach: »Unter Jugendlichen breitet sich der Satanskult weiter aus. Jüngstes Opfer der brutalen Rituale: ein 15 Jahre alter Schüler in Thüringen. Auf dem Totenberg bei Sondershausen, einem Hügel nahe dem sagenumwobenen Kyffhäuser, wollte der christdemokratische Thüringer Landtagsabgeordnete Walter Möbus, 45, ein gutes Werk tun. Seine Datsche an dem Ort mit dem unheimlichen Namen überließ er einigen Jugendlichen zur Freizeitgestaltung. Dort wurde es plötzlich gruselig: In Baumrinden fanden sich die Zeichen Luzifers, Pentagramme mit umgekehrten Kreuzen; und Spaziergänger munkelten, rund um die Möbus-Hütte würden Katzen und Hunde grausam zu Tode gequält. Die Gruppe von Jugendlichen, Möbus-Sohn Hendrik, 17, immer dabei, ging dort einem schaurigen Kult nach. Die ›Kinder Satans‹ brachten ihrem Götzen Blutopfer dar und zelebrierten schwarze Messen. Niemand kümmerte sich um das brutale Treiben – das Jugendamt war froh, dass die Teufelsanbeter nicht mehr das Jugendheim des Städtchens (24.000 Einwohner) frequentierten. Die weitverbreitete Gleichgültigkeit kostete einen jungen

Menschen jetzt das Leben: Die ›Kinder Satans‹ töteten ihren Mitschüler Sandro Beyer, 15.«

Ob dieses Motiv tatsächlich vorlag, war damals erst noch zu ermitteln. Zunächst bekam die Polizei die genaue Beschreibung des Tathergangs: »Andreas legte ihm dann ein Elektrokabel um den Hals und zog zu, in der Hoffnung, ihm damit an der Stuhllehne das Genick brechen zu können. Allerdings war das aus physischen Gründen nicht so ganz möglich, sprich also die Stuhllehne war nicht geeignet, um ihm das Genick zu brechen. So also hat Sandro nun totale Angst gekriegt, und er hat versucht, zu fliehen und um Hilfe zu rufen ... Hendrik Möbus setzte sich auf ihn und presste ihm ein Tuch vor den Mund, und Andreas und ich legten ihm ein anderes Stromkabel um den Hals, ein normales Netzkabel von entsprechender Dicke, und strangulierten ihn in einer Zeit von ungefähr zwei Minuten. Als er dann tot war, was wir am Aussetzen des Herzschlags feststellten, packten wir ihn in ein Bettlaken und schleiften und trugen ihn durch den Wald. Zwischendurch hat Andreas noch sein T-Shirt und sein Halstuch und einen Turnschuh in das weiße Haus hineingeworfen.«

Die Mörder versteckten den toten Sandro Beyer in einem Schuppen. Am folgenden Abend feierten sie mit anderen Schulkameraden auf dem Grundstück eine Grillparty, bevor sie in den frühen Morgenstunden des 1. Mai die Leiche verscharrten.

Am 12. Mai 1993 wurde ihr Opfer beerdigt. In Sondershausen herrschte Ausnahmezustand. TV-Teams,

Fotografen, Journalisten – alle wollten etwas über den »Satansmord« wissen, der damals ganz Deutschland erschütterte. Die Stadt mit ihrem zu jener Zeit noch deutlich sichtbarem DDR-Grau, den tristen Plattenbauten und den dramatischen Folgen des Zusammenbruchs der Kaliindustrie ließ sich dazu gut in Szene setzen. »Teufelsanbeter« mit düsteren Ritualen auf dem nachtdunklen Friedhof passten ins Bild – die Familien der drei jugendlichen Mordverdächtigen jedoch nicht. Die Eltern von Sebastian S. arbeiteten als Lehrer, die Mutter von Andreas K. war Erzieherin und kümmerte sich noch um ihr behindertes Kind, der Vater von Hendrik Möbus und seinen fünf Geschwistern saß für die CDU im Thüringer Landtag. Sie alle hatten die Umbrüche durch das Ende der DDR bewältigt, aber offenbar mit sich selbst ebenso viel zu tun wie ihre Söhne.

Sebastian S., Andreas K. und Hendrik Möbus standen 1989 an der Schwelle ihres Erwachsenenlebens. Alles schien plötzlich möglich, aber alles hatte auch seine Grenzen. Doch niemand kannte sie genau. Als am 1. Juli 1993 Eltern und Lehrer in der Aula des Geschwister-Scholl-Gymnasiums über den Mord an Sandro Beyer diskutierten, war von »falschen Werten der neuen Zeit« die Rede, und es wurde beklagt, dass »die Ideale der friedlichen Revolution« von 1989 viel zu schnell zerstoben seien. Renate Eichler, die Direktorin des Gymnasiums, konstatierte: »Vielen Schülern hat in dieser Umbruchzeit Orientierung gefehlt. Aber die Eltern und wir Lehrer waren ja selbst orientierungslos.« Sozialkundelehrer Dieter Strödter, der auch Sebastian S. in diesem Fach unterrichtete, fasste zusammen: »Im vorigen Jahr ließ sich feststellen, dass eigentlich alle Schüler tiefgehende psychische Verletzungen hatten.«

Sebastian S., Andreas K. und Hendrik Möbus reagierten darauf mit der Bildung einer Clique, die sich »Kinder des Satans« nannte. Die meisten hielten das für eine harmlose Spinnerei, andere beeindruckte es. Um jeden Preis auffallen zu wollen, ist ein Privileg der Jugend. Es wird ihr meist unter allenfalls mildem Widerspruch zugestanden. Wenn die Jungen also in schwarzer Kleidung herumliefen, umgedrehte Kreuze und Pentagramme zu ihren äußerlichen Zeichen machten, sich mit Ketten und Stachelhalsbändern schmückten und merkwürdige Frisuren trugen, regte das niemanden besonders auf.

Trotzdem sprachen sich ihre Aktivitäten in Sondershausen herum. Im Januar 1992 hieß es, Sebastian S. habe bei einem Gespräch im Christlichen Verein Junger Menschen (CVJM) auf die Frage, wie seine Gruppe zu den Zehn Geboten stehe, gesagt, für sie heiße es nicht, »Du sollst nicht töten«, sondern »Töte!« Am 3. Juli 1992 erklärte er das auch auf dem Kirchentag in Erfurt: »Wir sind überzeugte Satanisten und beten Luzifer an, eine Katze oder einen Hund zu opfern, macht uns gar nichts aus.« Auf Nachfrage seiner erstaunten Zuhörer bemerkte er, auch Menschenopfer seien möglich. So etwas als Spinnereien eines unreifen Jugendlichen abzutun, ist eigentlich niemandem zu verübeln.

Ihre Gewaltphantasien suchten sich die drei in den nun auch im Osten verfügbaren Horrorvideos. Interessant war dabei das Verbotene. Die Schüler zogen Raubkopien und offerierten sie anderen zum Kauf und Verleih. »Blutige Unterhaltung wünscht Ihr Leichenbeschauer« stand als Schlussformel unter ihren Angeboten. Auch das deutete eher auf Pubertätsprobleme als auf Mordabsichten hin.

Was Sebastian S., Andreas K. und Hendrik Möbus in den Filmen sahen, verwandelten sie auch in Texte für ihre Pennäler-Band »Absurd«. Der musisch begabte Sebastian S. war Anführer und Inspirator der Gruppe, der verschlossene »Kleine«, Andreas K., sein Gefolgsmann. Hendrik Möbus setzte vor allem auf äußerliche Auffälligkeit. Anhänger der jeweils »richtigen« Musik zu sein, gehörte schon immer zu den Reibungspunkten der Jugendkultur. Bei den selbsternannten »Satanisten« war es Death-Metal-Musik mit blutrünstigen, brutalen Texten.

Sandro Beyer wollte gern zur Clique um Sebastian S. gehören. Er ging auf das Prof.-Dr.-Irmisch-Gymnasium und galt dort als »Einzelgänger und Quertreiber«. Die Schule überforderte ihn. In einem Brief an einen Freund klagte er: »Meine Eltern mischen sich in alles ein. Ich habe fast keine Freiheit.« Er suchte die Opposition zum christlich geprägten Elternhaus. Seit dem Sommer 1992 buhlte er um Akzeptanz bei Sebastian und dessen Freunden. Sandro Beyer besorgte sich schwarze Kleidung, Satansschmuck und hörte Black-Metal-Musik. Die »Satanisten«-Clique lehnte ihn trotzdem ab. Der zwei Jahre jüngere Teenager wurde zum Objekt ihrer Machtspiele. Im Frühjahr 1993 hatte er genug von ihnen. Seinem Brieffreund erklärte Sandro: »Ich habe mich extrem von denen differenziert, die wollten großartige Satanisten sein. Habe vorgehabt, mich taufen zu lassen! Bloß, weil ich von diesen Leuten fasziniert war.« Aber Sebastian S. habe ihn immer wieder »total runtergesaut vor anderen Leuten«. Nun wagte der Abgewiesene auch Kritik an seinen einstigen Vorbildern und erzählte über den Schwarzhandel mit den verbotenen Horrorvideos.

In der Schülerzeitung *Kurz und Gut* erschien wenig später ein Artikel von Sebastian S. Er erklärte darin, dass ihre »Gemeinschaft« den »Tod aller Lebewesen« wünsche und erwähnte besonders das spätere Opfer Sandro Beyer: »Sandro B. gehört definitiv nicht zu uns, auch wenn er so etwas in der Art behaupten mag.« Hendrik Möbus drohte ihm mit einer Zeile aus einem Song ihrer Band »Absurd«: »Im tiefen Wald hört dich niemand schreien …« Religionslehrer und Pfarrer Jürgen Hauskeller erinnerte sich später: »Ich bin fassungslos gewesen, habe allerdings die Warnungen, die Drohungen, die sich versteckten in dem Text, auch gerade gegen Sandro Beyer richteten, nicht ernst genommen.«

Die Direktorin des Geschwister-Scholl-Gymnasiums, Renate Eichler, informierte im Januar 1992 den städtischen Hauptausschuss, als sie vom »Satanismus« erfuhr. Trotz aller Bedenken beschlossen die Abgeordneten, die »Absurd«-Band im »Haus der Jugend«

zu belassen. Sechs Monate später verschwanden Hendrik, Andreas und Sebastian dort von selbst, weil sie über ihre abstrusen Songs nicht diskutieren wollten. Nun wurde die Möbus-Datscha am Waldrand ihr Treffpunkt.

Sebastian S. lernte inzwischen eine sechsundzwanzigjährige verheiratete Katechetin kennen, ging mit ihr zum Gottesdienst und sammelte Unterschriften gegen Tierversuche. Die Clique begann, sich langsam aufzulösen. Hendrik Möbus engagierte sich für den Erhalt ihres verbindenden »Satanskults«. Die junge Frau, inzwischen Mutter eines Kindes von Sebastian S., spürte, wie sich der Zorn der Clique immer stärker auf Sandro Beyer richtete. Der Fünfzehnjährige drohte, Sebastian S., Andreas K. und Hendrik Möbus wegen des Handels mit den indizierten Horrorvideos anzuzeigen. Die Katechetin bestätigte später: »Ich habe mitgekriegt, dass Sandro viel Verwirrung gestiftet hat, er war ihnen lästig.« Damals suchte sie das Gespräch mit Sandro Beyers Eltern. Auch die spürten, dass offenbar alles längst die Ebene pubertärer Streitereien verlassen hatte. Den Publizisten Liane von Billerbeck und Frank Nordhausen, die ein Buch über den »Satansmord« geschrieben haben, erklärten sie: »Drei Wochen vor der Tat fragt der Vater die Katechetin, ob Sandro in Gefahr sei. Sie antwortet: ›Ich lege meine Hand dafür ins Feuer, dass dem Sandro von Sebastian nichts passiert.‹« Der Mann glaubte ihr.

In seinem Geständnis vor der Polizei behauptete Sebastian S. später mit einer menschenverachtenden

Überheblichkeit: »Sandro Beyer stellte keinen Feind dar. Er war kein Wert, so in der Art, dass es sich gelohnt hätte, ihn zu töten, dass es irgendwas gebracht hätte.«

Am 10. Januar 1994 begann gegen Sebastian S., Andreas K. und Hendrik Möbus der Prozess vor dem Landgericht Mühlhausen. Anführer Sebastian S. widerrief sein Geständnis. Nun behaupteten alle drei, beim Tod von Sandro Beyer habe es sich um einen tragischen Unfall gehandelt. Sie beteuerten, dass das alles mit ihrem »Glauben« nichts zu tun hatte. Letzteres sah auch Staatsanwalt Gert Störmer so: »Es handelt sich um Mord durch Erdrosselung ohne jegliche rituelle Umstände.« Über die Bestrafung dieses Mordes verhandelte das Gericht. Die Variante vom »Unfall« glaubte es nicht, blieb aber mit seinem Urteil vom 9. Februar 1994 deutlich unter der höchstmöglichen Jugendstrafe. Sebastian S. und Hendrik Möbus wurden wegen gemeinschaftlich geplanten Mordes, Freiheitsberaubung und Nötigung als Haupttäter zu jeweils acht Jahren Haft verurteilt. In Andreas K. sahen die Richter einen Mitläufer. Er bekam sechs Jahre. Zum angeblichen satanistischen Tatmotiv stellte Richter Jürgen Schuppner fest: »Wir sind davon überzeugt, dass die Tat ohne diesen Hintergrund nicht möglich gewesen wäre. Ganz egal, aus welchen Motiven sie sich damit beschäftigten, sie haben die Achtung vor dem Menschen, vor seiner Würde verloren.« In der ARD-Dokumentation »Der Satansmord – Tod eines Schülers« präzisierte er sieben Jahre später: »Es war in gewisser Hinsicht ein Satansmord aufgrund dieses Hintergrundes, aber die Ausführung der Tat hatte nicht das Geringste mit einem Ritual oder mit einer satanistischen Tat zu tun. (…) Es fehlt jeder rituelle Hintergrund, es fehlt die Vorbereitung, es fehlt die Ausstaffierung …«

Zur Strafverbüßung wurden die drei jugendlichen Mörder in die JVA Erfurt eingewiesen. Trotz einer gegenteiligen Weisung des Gerichts lebten sie dort in einer Wohngruppe. Sebastian S., Andreas K. und Hendrik Möbus setzten ihre Schulausbildung fort und führten ihre Schülerband »Absurd« weiter, die sich nun »In Ketten« nannte. Auf ungeklärtem Weg gelang es ihnen, eine CD zu veröffentlichen, auf deren Cover das Grab ihres ermordeten Opfers Sandro Beyer zu sehen war. In der sogenannten »schwarzen Szene« fand das offenbar Anklang, was sich in mehreren Grabschändungen manifestierte. Nachdem 1995 vor allem verschiedene Boulevardblätter über das »lockere Leben im Knast« der drei jugendlichen Mörder berichtet hatten, wurden sie getrennt. Der Leiter der JVA Erfurt verlor seinen Posten.

Bereits 1998 kamen Sebastian S., Andreas K. und als letzter am 25. August Hendrik Möbus auf Bewährung frei. Er hatte zunächst eine Psychotherapie in der JVA Suhl abgelehnt, dann aber doch seine angebliche Reue bekundet. Gerichtspräsident Rudolf Lass begründete die vorzeitige Entlassung: »Bei den drei jungen Männern lagen sehr günstige Sozialprognosen vor. Sie haben alle drei in der Haft das Abitur nachgemacht, haben Verbindungen zum Elternhaus und zu den Geschwistern gehalten, so dass man im Falle der Freilassung damit rechnen konnte, dass sie sozial integriert sind.«

Im Gegensatz zu Sebastian S. und Andreas K., die Sondershausen verließen und nicht wieder auffällig wurden, war das bei Hendrik Möbus nicht der Fall. Er schloss sich der rechtsextremen Szene an, in der auch sein Bruder Wolf eine wichtige Rolle spielte. Bei einem Black-Metal-Konzert im September 1998 in Behringen bei Eisenach trug er Gewalt verherrlichende Texte vor und zeigte öffentlich den Hitlergruß. In einer Publikation der Neonazis äußerte sich Hendrik Möbus ausführlich zum Mord an Sandro Beyer. Er sei als »Volksschädling« beseitigt worden, nach dem »Motto der Waffen-SS: Den Tod geben und den Tod empfangen«.

Cornelia Beyer erstattete daraufhin Anzeige. Hendrik Möbus wurde zu anderthalb Jahren Haft verurteilt, dazu kamen acht Monate für das Zeigen des Hitlergrußes und das Verwirken seiner Strafaussetzung, so dass ihm insgesamt erneut fünf Jahre Gefängnis drohten. Deshalb floh er im Dezember 1999 in die USA. Dort gewährte ihm der Gründer der faschistischen »National Alliance«, William Pierce, Unterschlupf, bis ihn Zielfahnder des LKA Thüringen entdeckten und US-Marshals am 26. August 2000 verhafteten. Nach einem gescheiterten Asylantrag in Amerika kam Hendrik Möbus 2001 zum Absitzen seiner dreijährigen Reststrafe erneut in ein deutsches Gefängnis.

Für die Justiz ist der Fall Sandro Beyer damit erledigt. Für die Familie wird er das niemals sein. Cornelia Beyer fasste es 2001 so zusammen: »Sie haben meinem Sohn das Leben genommen und haben das Leben unserer Familie total zerstört ... ich kann das nicht verzeihen, nie im Leben.«

Mord ohne Leiche

Heimtücke, Habsucht und ein Grab im Beton

Am 8. Juli 1997 meldete die Oranienburger Lokalausgabe der Zeitung *Märkische Allgemeine* unter der Überschrift: »Hochschwangeres Mädchen wird vermisst«: »Die 17-jährige Leegebrucherin Maike Thiel wird seit vergangenem Donnerstag vermisst. ›Sie ist hochschwanger, im 8. Monat, kurz vor der Entbindung‹, sagte gestern ihr Vater Hans-Joachim Thiel, der sich hilfesuchend an die Öffentlichkeit wandte. Maike, die noch bei ihren Eltern am Birkenberg in Leegebruch wohnt, hatte vom Mittwoch zum Donnerstag bei einer Freundin in Hennigsdorf übernachtet, weil sie am nächsten Tag ins Krankenhaus wollte. Am Vormittag war sie dann zur Schwangerenberatung ins Hennigsdorfer Krankenhaus gegangen. Nach dem dortigen Termin verließ sie das Krankenhaus und ist seitdem verschwunden. ›Mit der Schwangerschaft sei aber alles in Ordnung‹, berichtet der ratlose Vater … Der Leegebrucher kann sich Maikes Verschwinden nicht erklären. Sie sei noch nie von zu Hause weggelaufen. In der Leegebrucher Wohnung sei schon alles für den erwarteten Nachwuchs vorbereitet. Sie habe das Zimmer selbst eingerichtet. ›Das macht man doch nicht, wenn man weg will‹, äußerte Hans-Joachim Thiel. Am vergangenen Freitag hatte der Vater die Vermisstenanzeige bei der Polizei in Oranienburg gestellt. Er befürchtet eine Straftat. Die 17-Jährige, die gerade die 10. Klasse beendet hat, hinterließ keine Nachricht ...«

Bis Maike Thiels Tod vor Gericht geklärt wurde, verging eine Zeit, die genauso lange wie ihr Leben währte – siebzehn Jahre. Der Indizienprozess, der im Juli 2014 zu Ende ging, hatte mehr als ein Jahr gedauert. Möglich wurde er, weil sich 2012 eine Mitwisserin gemeldet hatte, der der frühere Freund Maike Thiels und Vater ihres ungeborenen Kindes, Michael Sch., den Mord gestanden hatte. Die Leiche des Opfers wurde nie gefunden. Der Vorsitzende Richter am Landgericht Neuruppin, Gert Wegner, erklärte nach dem Urteil zur Hauptbelastungszeugin: »Wir glauben Dominique S. uneingeschränkt.« Es gebe keinen Grund, an ihrer Aussage zu zweifeln. »So eine Untat eines Freundes kann man sich nicht ausdenken.« Allerdings äußerte er auch Unverständnis darüber, dass es Mitwisser gab, die jahrelang schwiegen. Dominique S. tat dies, weil sie sich angeblich in einem »Loyalitätskonflikt« zur Familie Sch. befand; eine weitere Zeugin, weil sie sich vor dem Angeklagten Michael Sch. fürchtete. Zur Sprache kam auch, dass es »zeitweise grenzwertige Ermittlungen und schlampige Aktenführung« gegeben habe.

Das mag seine Erklärung darin finden, dass es bei dem Fall um ein kaum nachzuvollziehendes Mordkomplott ging. »Wir sind felsenfest davon überzeugt, dass Christine Sch. den Plan hatte und ihren Sohn Michael und ihren langjährigen Bekannten Manfred

S. zu dem Mord an Maike Thiel bestimmt hat«, stellte Richter Gert Wegner fest.

Alles begann, als Maike Ende 1996 ungewollt schwanger wurde. Der Vater des Kindes, Michael Sch., befand sich damals noch in der Ausbildung. Seiner Mutter Christine, Berufsschullehrerin und Dozentin, passte die Aussicht auf eine frühe Familiengründung nicht. Sie lebte als Alleinerziehende von zwei Kindern in Hennigsdorf und folgte gern einer Einladung der Familie Thiel zu einem Gespräch über eine eventuelle Abtreibung. Damit war Maike jedoch nicht einverstanden. Sie freute sich auf ihr Kind und hielt sich durchaus für fähig, es auch allein großziehen zu können. Es würde ein Mädchen sein und sollte Charleen heißen. Maikes Familie hielt zu ihr und ließ die Abtreibungspläne fallen. Vater Hans-Joachim und Mutter Heike richteten vorsorglich in ihrem Haus in Leegebruch ein Kinderzimmer für die nun freudig erwartete Enkelin Charleen ein. Sie machten sich auch Gedanken, wie sie bei der Betreuung des Babys helfen könnten, damit ihre Tochter die beabsichtigte Ausbildung zur Altenpflegerin absolvieren könne.

Ganz anders reagierte Christine Sch., die drohende Unterhaltsforderungen an ihren Sohn fürchtete. Deshalb fasste sie den teuflischen Plan, Maike Thiel zu beseitigen. Richter Wegner zeigte sich von ihrer treibenden Rolle dabei überzeugt: »Ohne ihre Initiative wäre der Mord nie passiert.«

Zeugen beschrieben Christine Sch. als »dominante Frau«. Ihr Sohn stehe »unter ihrer Fuchtel«. Er wagte keinen Widerspruch, als seine Mutter begann, den Mord aktiv zu organisieren. Dafür suchte sie einen Bekannten und fand ihn in dem damals dreiundsechzigjährigen Manfred S., der als »grundsätzlicher Frauenhasser« galt. Einen Tag vor der Tat hob Michael Sch. 4.500 Mark von seinem Sparbuch ab, einige Zeit danach noch einmal 2.500 Mark. Das war aus Sicht des Gerichts der Lohn für den Auftragsmord.

Michael Sch. hatte sich bereits von Maike Thiel getrennt, nahm aber dann doch wieder Kontakt zu ihr auf. Nach dem Willen seiner Mutter sollte er als Lockvogel dienen. Er erfuhr den Termin der Schwangerenberatung in Hennigsdorf. Christine Sch. notierte ihn und vergewisserte sich mehrfach, dass er auch stattfinden würde.

Am 5. Juli 1997 wartete Michael Sch. vor dem Krankenhaus auf Maike. Völlig arglos stieg die junge Frau zu ihm in sein Auto. Sie freute sich über die Anwesenheit des werdenden Vaters und meinte, er wäre endlich »zur Vernunft gekommen«. Unterwegs nahm Michael Sch. unter einem Vorwand auch noch Manfred S. mit. Dann fuhren sie zu einer einsamen Stelle, die bis heute weder die Ermittler entdeckten noch das Gericht im Prozess erfuhr. »Ort und Zeit sind nicht bekannt«, stellte Richter Gert Wegner zum Tatort und zur Tatzeit fest.

Überraschend habe dann Manfred S. Maike von hinten gewürgt. Allerdings reichte seine Kraft nicht, um sie zu töten. In der Beweisaufnahme stellte sich zum Tatablauf heraus, dass sich nun auch Michael Sch.

an dem Mord direkt beteiligte. Die junge Frau schrie verzweifelt. Er versuchte, ihr den Mund zuzuhalten. In ihrem Todeskampf biss sie den jungen Mann in den Unterarm. Zwei Zeuginnen beschrieben die Narbe, die Michael Sch. später mit einem Tattoo verdecken ließ.

Dann schwiegen alle Beteiligten und Mitwisser jahrelang, bis 2012 schließlich das Gewissen einer Zeugin schlug. Maike Thiels Eltern hatten all die Jahre gegen das Schließen der Akten gekämpft. Gelegenheit dazu gab es immer wieder. Am 24. Januar 2000 erklärte der Leitende Oberstaatsanwalt Gerd Schnittcher von der Staatsanwaltschaft Neuruppin: »Im Augenblick gibt es in dem Fall nichts Greifbares, das einen Tatverdacht stärken könnte.« Maikes Eltern quälte der unerträgliche Gedanke, niemals zu erfahren, was ihrer Tochter und dem ungeborenen Enkelkind widerfuhr.

Am 24. April 2001 engagierten sie einen Detektiv und zahlten aus eigener Tasche eine 15.000 Mark teure Bohrung an einer Straße in Hennigsdorf, wo die einbetonierte Leiche ihrer Tochter vermutet wurde. Mehrfach berichtete das ZDF in seiner Sendung »Aktenzeichen XY … ungelöst« darüber. Nach der Sendung am 11. Januar 2012 setzte die Staatsanwaltschaft Neuruppin 5.000 Euro Belohnung aus. Danach gab es fünf neue Hinweise, eine heiße Spur war aber nicht dabei. Dennoch reaktivierte die Mordkommission ihre Ermittlungen, denn verjähren kann solch ein Mord nicht. Plötzlich meldete sich dann Dominique S. und sagte, was sie wusste. Am 26. November 2012 nahm die Polizei die Tatverdächtigen, Michael Sch., dreiunddreißig Jahre alt, und Manfred S., achtundsiebzig Jahre alt, fest.

Das Gericht brauchte vierzehn Monate, um den Mord ohne Leiche zu klären. Die Angeklagten zeigten sich nicht kooperativ. Sie schwiegen. Für die Verteidigung ergab sich daraus die Forderung nach einem Freispruch. Die Staatsanwaltschaft forderte für den Angeklagten Michael Sch., inzwischen Sozialarbeiter und Vater von zwei Kindern, eine Verurteilung wegen Mordes nach Jugendstrafrecht zu achteinhalb Jahren. Er war zum Tatzeitpunkt erst achtzehn Jahre alt. Dem folgte die Strafkammer nicht. Sie entschied, dass bei ihm keine Reifeverzögerung vorgelegen habe und er demzufolge nach dem zur Tatzeit geltenden Erwachsenenstrafrecht zu verurteilen sei. Als Anstifterin des Mordes wurde auch die inzwischen einundsechzigjährige Christine Sch. bestraft. Am 9. Juli 2014 sprach das Landgericht Neuruppin sein Urteil von jeweils lebenslanger Haft für Michael und Christine Sch. wegen Mordes aus Heimtücke und Habgier und Anstiftung dazu. Der inzwischen achtzigjährige mutmaßliche Komplize und Haupttäter Manfred S. konnte wegen Altersgebrechlichkeit nicht mehr belangt werden. Er war schwer krank und verhandlungsunfähig. Das Verfahren gegen ihn wurde deshalb eingestellt.

Trotz der ausgesprochenen Höchststrafe blieben auch Christine und Michael Sch. zunächst auf freiem Fuß. Das Gericht ging davon aus, dass eine Revision beantragt werden würde.

Am 20. Mai 2015 bestätigte der Bundesgerichtshof die Urteile des Landgerichts, die damit Rechtskraft erlangten. Christine Sch. musste sofort in Haft, für Michael Sch. begann sie am 29. Mai 2015. Die Entscheidung der Karlsruher Richter »ist für meine Mandantschaft wie die Befreiung von einer andauernden Last«, kommentierte Horst Fischer, der Rechtsanwalt von Maikes Eltern.

Das war zwangsläufig nur die halbe Wahrheit. Hans-Joachim und Heike Thiel, die im Prozess ebenso wie Maikes Schwester und Bruder als Nebenkläger auftraten, hofften bis zum letzten Tag, dass die beiden Angeklagten ihnen sagen würden, wo sich die sterblichen Überreste ihrer Tochter Maike und ihres ungeborenen Enkelkinds Charleen befanden. Das war nicht der Fall. Sie forderten auch vor Gericht vergeblich Antwort auf ihre Frage: Wo ist Maike? Noch am vorletzten Verhandlungstag appellierte die Schwester an den Angeklagten Michael Sch.: »Du weißt tief in dir, dass du dich selbst betrügst. Du hast nie gesagt, dass du unschuldig bist.« Doch der Mörder schwieg. Er und seine Mutter, die ihn angestiftet hatte, nahmen der Familie nicht nur die Tochter, sondern verwehrten ihr auch, endlich den Ort zu kennen, an dem sie Abschied von Maike nehmen könnten.

Wie belastend so etwas für die Hinterbliebenen ist, zeigte sich in vielen Fällen. Einer von ihnen begann, nachdem am 6. November 2004 die einundzwanzigjährige Alexandra Ryll aus Neujanisroda bei Naumburg spurlos verschwand. Die Verkäuferin war

107

joggen gegangen und kehrte nicht nach Hause zurück. Die junge Frau lebte noch bei ihren Eltern. Ihr Vater Fred hatte ihr den Dachboden des Hauses ausgebaut. Die Polizei ging sehr schnell nach Alexandras Verschwinden davon aus, dass sie einem Verbrechen zum Opfer gefallen sein könnte. Trotz intensiver Suche fand sie keine Spur ihrer Leiche. Deshalb sicherten die Ermittler zunächst einmal die biologischen Spuren Alexandra Rylls. Dezernatsleiterin Uta Pich erläuterte: »Wie in solchen Fällen üblich, wurden erst einmal Dinge sichergestellt, die gute DNA-Träger sind. In diesem Fall waren es Toilettenartikel der jungen Frau wie eine Zahnbürste.« Aus den kleinsten Teilen, wie etwa Zellkernen, lässt sich so ein »genetischer Fingerabdruck« erstellen, der entscheidend werden kann, wenn sich ein Tatverdächtiger zum Vergleich findet. Uta Pich: »Um einmal die Größenordnungen des Untersuchungsmaterials, das für das bloße Auge nicht sichtbar ist, deutlich zu machen: Es handelt sich um rund 18 Pikogramm – oder anders gesagt, ein 18 billionstel Gramm –, aus denen die DNA gewonnen wird.«

Die so gesicherten Spuren brachten schließlich den Durchbruch im Mordfall Alexandra Ryll. Im Sommer 2005 zeigte eine Frau den Nachbarn der Familie wegen sexueller Übergriffe an. Ihr ehemaliger Lebensgefährte Jens Sch. verfügte bereits über ein einschlägiges Vorstrafenregister. Schon 1993 war er wegen Vergewaltigung und 2001 wegen sexuellen Missbrauchs von Kindern verurteilt worden. Der damals siebenunddreißigjährige Eisenschneider, der

in einem Betonwerk arbeitete, lebte auf einem ver-
wahrlosten Grundstück, das nun gründlich durch-
sucht wurde. Dabei fand die Polizei in seinem Kü-
chenschrank Alexandras Handy. Das allein genügte
jedoch nicht als Beweis, denn der Verdächtige behauptete, er habe es Monate nach dem Verschwinden der jungen Frau auf einem Feldweg gefunden.
Da ihre Leiche immer noch verschwunden blieb, ließ
sich diese Behauptung von Jens Sch. zunächst nicht
widerlegen. Schließlich gelang es dann doch durch
die Spuren in dem Gerät. Statt Reste von Erde und
Wasser fanden sich Rußspuren von einem Gasofen,
wie ihn Jens Sch. in seinem alten Haus benutzte. Den
entscheidenden Beweis erbrachte jedoch die DNA
des Opfers. Ermittlerin Pich: »Die Tatortspezialis-
ten haben rund 400 Spuren gesichert. Darunter ein
kleines Kettchen im Schmutz unter der Türzarge eines ehemaligen Badezimmers.« Diese Spur »1.4.5.«
bewies als Indiz, dass Alexandra Ryll im Haus des
Nachbarn gewesen sein musste. Auch ein Schal, den
die Ermittler 2005 auf dem Grundstück sicherten,
wies nach der Analyse am 26. Juni 2006 Spuren auf.
Die Dezernatschefin erinnert sich: »Wir fanden mas-
senhaft Haare daran, die exemplarisch Alexandra zu-
geordnet werden konnten, ebenso Hautschuppen.«

Natürlich suchte die Polizei auf dem Grundstück
auch nach der Leiche. Mehrere Grabungen blieben
erfolglos. Am 26. April 2006 konzentrierte sich die
Tatortgruppe des Landeskriminalamts auf drei Stellen, die tags zuvor beim Einsatz eines Georadarge-

räts verdächtig erschienen. Bauschutt und eine alte Rohrleitung waren in der Nacht an anderen Ecken des Grundstücks im Boden gefunden worden. Wieder gab es kein Ergebnis. Nun begann die Kripo, im ersten Stock des Hauses die Dielen zu entfernen und im Keller den Boden aufzustemmen. Dort war bereits mit Leichenspürhunden gesucht worden, doch sie schlugen nicht an. Bei der erneuten Grabung – achtzehn Monate nach dem Verschwinden Alexandras – wurden die Ermittler fündig. Sie riefen gegen zwanzig Uhr Gerichtsmediziner Michael Klintschar an den Tatort. Er konnte zunächst nur bestätigen, dass es sich um eine Leiche handelte. Noch in der gleichen Nacht erfolgte die Obduktion. Sie bestätigte Alexandra Rylls Identität.

Es zeigte sich, dass der Mörder das tote Mädchen so »fachgerecht« vergraben hatte, dass sich selbst die sensiblen Hunde täuschen ließen. Die Polizei entdeckte den auf fünfzig mal fünfzig Zentimeter zusammengepressten Körper unter mehreren Schichten Lehm. Der Boden war jeweils mit Wasser eingeschlämmt und dann verdichtet worden. Dadurch kam es zu einem völligen Luftabschluss.

Nun war aus einem Mord ohne Leiche doch noch ein eindeutiger Fall geworden, zu dem die Hauptverhandlung ab Februar 2007 vor dem Schwurgericht am Landgericht Halle begann. Gleich zu Beginn ließ der angeklagte Jens Sch. über seinen Verteidiger Thomas Jauch ein Geständnis verkünden: »Mein Mandant ist bereit, die Tat zu gestehen. Der Ablauf, wie er geschildert wurde, trifft zu. Er ist nicht bereit, vor Publikum Details zu schildern.«

Selbst nachdem die Leiche Alexandras bereits in seinem Keller gefunden worden war, hatte er zunächst noch die Tat geleugnet. Sein Mandant habe die Tat verdrängt und deshalb monatelang abgestritten, etwas mit dem Verschwinden seiner Nachbarin zu tun zu haben, erläuterte sein Anwalt dieses Verhalten. Den Grund dafür sah er so: »Er will nun möglichst die Sicherungsverwahrung vermeiden und eine Behandlungsmöglichkeit haben, weil er eingesehen hat, dass er ein Problem hat.«

Das Gericht unter dem Vorsitz von Jan Stengel bewies, dass Jens Sch. Alexandra am Abend des 6. November 2004 unter dem Vorwand, er habe ihr Handy gefunden, in sein Haus lockte. Dort vergewaltigte und quälte er sie. Der Staatsanwalt erläuterte: »Sie hatte bei ihrer Körpergröße von 167 Zentimetern und 68 Kilogramm gegen den 181 Zentimeter großen Angeklagten keine Chance.« Ein abgesägter Besenstiel mit DNA-Spuren Alexandras gehörte zu den Beweismitteln. »Daran wurde ein Sperma/Zellgemisch festgestellt. Verursacher waren sowohl der Hausbesitzer als auch Alexandra«, erklärte Ermittlerin Uta Pich. In ähnlicher Weise hatte der Angeklagte bereits 1993 seine damalige Lebensgefährtin missbraucht und gefoltert. Nach der Tat an Alexandra Ryll ergriff ihn die Angst, als rückfälliger Sexualstraftäter entlarvt zu werden. Deshalb erdrosselte er die Frau und vergrub sie in seinem Keller.

Bei einer derartigen Tat stellt sich zwangsläufig die Frage nach dem Geisteszustand des Täters. Als Jens Sch. im Januar 2006 wegen Vergewaltigung seiner früheren Lebensgefährtin zu viereinhalb Jahren Haft verurteilt worden war, hatte der Gutachter zwar einen unterdurchschnittlichen Intelligenzquotienten von 63 festgestellt, an der Schuldfähigkeit indes aber keine Zweifel gehabt. Zu der Zeit war die Leiche Alexandra Rylls noch nicht gefunden. Auch in ihrem Fall bestätigte ein psychiatrischer Gutachter dem Gericht die volle Schuldfähigkeit von Jens Sch., die trotz seiner schweren Persönlichkeitsstörung nicht davon beeinflusst sei. Im April 2007 verurteilte ihn Richter Jan Stengel zu lebenslanger Haft und – entsprechend der Empfehlung des Gutachters – auch zu einer anschließenden Sicherungsverwahrung.

Der Mörder und Vergewaltiger Jens Sch. zeigte weder während noch nach der Verhandlung Reue. »Ich habe nichts mehr zu verlieren«, sagte er in seinem Schlusswort vor Gericht. Ein Revisionsbegehren wurde nicht bekannt.

Wie oft in derartigen Fällen hatten die Angehörigen des Opfers alles verloren und blieben nicht zuletzt wegen dieses Verhaltens des Täters hilflos zurück. Alexandras Mutter konnte nicht am Prozess teilnehmen, weil sie der Schmerz um ihr Kind quälte und krank gemacht hatte. Sie konnte dem Mörder ihrer Tochter nicht in die Augen sehen. Heizungsbauer Fred Ryll erklärte am Ende: »Wir waren wochenlang in psychosomatischer Behandlung, haben trotzdem nichts verarbeitet.« Mühsam versuchte er, dennoch nicht aufzugeben: Das Leben ohne seine Tochter sei schwer. »Aber es geht weiter«, sagt er. »Ich habe noch eine kleine Tochter, da hat man ein Ziel vor Augen.«

Die Grenzen der Strafe

Wenn Kinder und Jugendliche töten

Wenn Kinder und Jugendliche zu Straftätern werden, müssen Erwachsene entscheiden, ob sie für ihre Handlungen verantwortlich sind. Die wichtigste Frage dabei ist, ob die Jungtäter überhaupt verstanden haben, dass sie anderen schadeten.

Das Reichsstrafgesetzbuch von 1871 legte für diese »Strafmündigkeit« das vollendete zwölfte Lebensjahr fest. Heute liegt sie bei vierzehn Jahren. Das Gesetz nutzt jedoch dieses Wort nicht, sondern spricht von der »Schuldunfähigkeit des Kindes«.

Bei manch tragischen Ereignissen liegt sie auf der Hand. Am 20. August 2005 starb im thüringischen Ort Arnstadt ein zehn Tage altes Baby. Die sechsjährige Schwester verletzte es am Kopf, während sich die Eltern nur wenige Minuten vor dem Haus aufhielten, wo sie sich mit Bekannten unterhielten. Die Polizei bestätigte »Verhaltensauffälligkeiten« des Mädchens, es kam in ärztliche Betreuung.

Es gibt aber auch seltene Fälle, bei denen Kinder andere Kinder ermorden. Am Abend des 9. Juni 1997 fand Nachbar Bodo Glassl die achtjährige Anne-Katrin W. im brandenburgischen Seebeck erschlagen hinter einer Scheune. Von Anfang an ging die Polizei davon aus, dass der Täter unter den Männern des

230-Seelen-Ortes zu finden sein müsse. Da am Tatort auch Spermaspuren gefunden worden waren, ordnete die ermittelnde Staatsanwaltschaft Neuruppin einen freiwilligen Speicheltest an. Alle folgten dem Aufruf. Den Ergebnissen der Proben kam das Geständnis des dreizehnjährigen Schülers Martin zuvor. Bei seiner Vernehmung hatte er sich in Widersprüche verstrickt, schließlich gestand der Junge, Anne-Katrin W. getötet zu haben, weil sie ihn hänselte. Martin galt im Ort als notorischer Schulschwänzer. Seine Eltern – die Mutter war Polizistin – waren mit seiner Erziehung offenbar überfordert, denn auch verschiedene kleine Diebstähle gingen auf sein Konto.

Auch in diesem Fall folgte die psychiatrische Betreuung des kindlichen Täters. Eine strafrechtliche Verantwortlichkeit schließt das Gesetz aus. Allenfalls können zivilrechtliche Ansprüche gegen das Kind und eventuell gegen die Aufsichtspflichtigen geltend gemacht werden, da die »Deliktsfähigkeit« nach anderen Kriterien zu beurteilen ist als die Verantwortung für die Tat.

Das ruft immer wieder Diskussionen hervor, denn inzwischen werden Kinder früher reifer und Jugendliche schneller erwachsen als noch vor fünfzig Jahren. Ein drastisches Beispiel dafür waren im Sommer 2019 Fälle von Gruppenvergewaltigungen in Mülheim und Herne, bei denen Tatverdächtige ab zwölf Jahren ermittelt wurden. Die Polizeiliche Kriminalstatistik (PKS) gibt über Taten von Kindern keine Aufklärung. Sie werden allenfalls in der Kategorie »Mordverdächtige« aufgeführt. Für 2018 nannte sie im Osten einschließlich Berlin bei »Kindern unter 14« zwei weibliche und drei männliche Personen. In der Kategorie »Jugendliche 14–18« waren es sieben weibliche und zweiunddreißig männliche Mordverdächtige.

Ob sie schuldig waren oder nicht, ermittelte kein Gericht. Kriminalpsychologe Adolf Gallwitz versuchte mehrfach, Lebensläufe von jungen Mördern und Amokläufern zu rekonstruieren, um zu prüfen, ob Therapien erfolgreich angeschlagen haben. Er scheiterte am Datenschutz. Nach zehn Jahren werden solche Verbrechen aus dem Strafregister gelöscht. »In Deutschland haben Kinder einen Freibrief, um Straftaten zu begehen«, beklagte der Fachmann.

Das mag zugespitzt formuliert sein – trotzdem rufen Taten von Kindern stets ein besonders großes Echo und Diskussionen hervor. So wie in Bad Schmiedeberg, Landkreis Wittenberg, Sachsen-Anhalt. Am Sonntag, dem 6. März 2016, verschwand der dreizehnjährige Fabian. Einen Tag später wurde seine Leiche in einem Wäldchen nahe der Stadt gefunden. Am 8. März stellte sich heraus, dass er offenbar von seinem gleichaltrigen Freund Felix erschlagen worden war. Die Polizei vernahm den beschuldigten Jungen. Olaf Braun, der Sprecher der Staatsanwaltschaft Dessau-Roßlau, teilte mit, er habe Schläge mit einem Gegenstand auf den Mitschüler zugegeben. Zeitungen meldeten: »Fabian (13) von Freund (13) mit einem Stein erschlagen«. Felix wurde in eine psychiatrische Klinik eingewiesen.

In Bad Schmiedeberg schien die Stimmung nach der

Tat gespalten. Von »Es könnte ja auch ein Unfall gewesen sein« bis »Das Schwein gehört aufgehängt« war alles zu hören. Spuren der beiden Jungen waren kaum zu finden. Fabian wuchs bei Pflegeeltern auf, die sich jedoch trennten, als er in die zweite Klasse kam. Der Junge blieb bei seinem Stiefvater Thomas S., der bald überfordert schien. Schließlich erhielt die Großmutter, früher als Kindergärtnerin tätig, das Sorgerecht. Auch der Vater von Felix war nicht der leibliche Vater des Jungen. Die Familie sei mehrfach umgezogen, erzählten Nachbarn, schließlich lebte sie in einem heruntergekommenen Haus nahe der Kirche.

Es sind in der Regel Jungen, die gegeneinander gewalttätig werden, sagt Kriminalpsychologe Rudolf Egg. Ihre Opfer sind entweder Geschwister, Freunde oder enge Bezugspersonen. »Eine Tötung ist die Kehrseite einer sehr engen Beziehung«, meint er. Sie kann ihre Ursache aber auch darin haben, dass ein Jugendlicher in seiner Persönlichkeitsentwicklung zurückbleibt und deshalb straffällig wird. Als Täter schützt ihn im Alter zwischen vierzehn und siebzehn Jahren ausnahmslos das Jugendstrafrecht, das in der Regel die Haftstrafe auf zehn Jahre begrenzt. Begeht ein »Heranwachsender« im Alter zwischen achtzehn und zwanzig Jahren eine Tat, bei der die besondere Schwere der Schuld festgestellt wurde, kann er seit 2012 für eine Zeit bis zu fünfzehn Jahren verurteilt werden. Wie hoch die Strafe letztlich ausfällt, ist individuell zu prüfen. Das Gericht muss feststellen, ob die jugendlichen Täter zur Zeit der Tat nach ihrer sittlichen und geistigen Entwicklung reif genug waren, das Unrecht der Tat einzusehen und nach dieser Einsicht zu handeln.

Diese Bewertung wird immer dann besonders brisant, wenn Jugendliche zu Mördern und Vergewaltigern wurden.

Am Sonntag, dem 8. März 2009, erschien der achtzehnjährige Daniel V., damals in einem Praktikum zum Sozialassistenten, mit seiner Mutter bei der Polizei. Er erklärte, dass er in das Verbrechen an der achtjährigen Michelle, einem Mädchen aus der Nachbarschaft in der Leipziger Lipsiusstraße, verwickelt sei. Am 18. August 2008 war Michelle nicht vom Ferienhort nach Hause gekommen. Die Polizei suchte drei Tage nach ihr, dann fand ein Spaziergänger in einem Ententeich im Stötteritzer Wäldchen die Leiche des Kindes. Daniel V., der bei seiner Mutter in der Nähe des Fundorts wohnte, erzählte nun, ein Unbekannter habe ihm an jenem Tag einen Plastiksack mit dem toten Mädchen gegeben und ihn aufgefordert, sie wegzuschaffen. Das schien wenig glaubhaft. Nach stundenlangen Befragungen gab er dann zu, Michelle getötet zu haben. Für den 8. März 2009 hatte die Polizei einen Besuch in der Wohnung der alleinerziehenden Frau V. angekündigt, um bei Daniel eine DNA-Probe zu nehmen. Dreieinhalb Stunden vor dem Termin erschien er dann auf dem Revier und versuchte zunächst, seine Version glaubhaft zu machen.

Bis dahin ermittelten bis zu hundertsiebzig Beamte. Sie gingen rund tausendsiebenhundert Spuren nach, im November 2008 berichtete die Fernsehsendung

»Aktenzeichen XY ... ungelöst« über den Mord. Das brachte zahlreiche neue Hinweise. Sogar ein Phantombild wurde gezeigt, mit dem ein vierzig bis fünfzig Jahre alter Mann als Zeuge der Tat gesucht wurde. Eine heiße Spur ergab sich jedoch nicht.

Die nahezu letzte Hoffnung der Polizei richtete sich danach darauf, zu den gesicherten biologischen Spuren Vergleichsmaterial zu finden. Ab Herbst wurden in Leipzig Speichelproben vor allem von Nachbarn, Verwandten und Bekannten der Familie Michelles genommen.

Nach dem Geständnis von Daniel V. war der Mord gut zweihundert Tage nach der Tat aufgeklärt. Was an jenem Montag im August 2008 genau geschah, klärte ab dem 17. August 2009 die 3. Strafkammer des Landgerichts Leipzig. Der Vorsitzende Richter Norbert Göbel sprach von einer »fürchterlich grausamen Tat« und stellte fest: »Es war alles von Anfang an geplant.« Michelle war kein Zufallsopfer. Daniel V. kannte das Mädchen durch ein Praktikum, das er zuvor in dessen Schule absolvierte. Arglos folgte sie ihm am 18. August in seine Wohnung. Der Achtzehnjährige hatte das Mädchen bereits über mehrere Tage beobachtet, an jenem Tag auf es gewartet und ihr erklärt, er wolle ihr etwas für ihre Mutter mitgeben.

Staatsanwalt Klaus-Dieter Müller warf dem Angeklagten vor, mit erheblicher Gewalt auf das Kind eingeschlagen zu haben, was die schweren Verletzungen bewiesen, die an der Leiche festgestellt wurden. Während der Vernehmung Daniel V.s zur Tat wurde das gequälte Opfer in einem Bildvortrag des Gerichtsmediziners ausführlich gezeigt. Trotz Ausschluss der Öffentlichkeit bei diesem Vortrag reflektierte *Spiegel*-Gerichtsreporterin Gisela Friedrichsen das Unverständnis darüber: »Es sind Sitten eingerissen bei manchen Rechtsmedizinern, die der Würde des Opfers und dem Respekt vor den Hinterbliebenen – und auch den Gefühlen der Öffentlichkeit – Hohn sprechen. Und den Gerichten scheint jedes Empfinden für diese Instinktlosigkeiten abhandengekommen zu sein … Der Angeklagte wird von Rechts wegen geschützt, das steht im Gesetz und wird also auch befolgt. Das Opfer aber darf anscheinend als Objekt erniedrigt und präsentiert werden wie ein Stück Fleisch.«

Das mag ein berechtigter Einwand sein, doch die Grausamkeit liegt immer im Verbrechen. Gerade bei der Bewertung jugendlicher Täter scheint manchmal eine drastische Darstellung nötig, denn der Tathergang sagt etwas zur Entwicklung und Reife des Angeklagten aus, die berücksichtigt werden muss. Der Staatsanwalt scheute sich deshalb auch nicht, zu erklären, er habe in seiner jahrelangen Praxis noch nie eine so massive Gewalt gegenüber einem Opfer erlebt. Vor allem habe ihn erschüttert, dass die Leiche des Kindes einen Blutalkoholgehalt von 0,81 Promille aufwies. Daniel V. hatte gestanden, Michelle mit einem Trichter Alkohol eingeflößt zu haben. Klaus-Dieter Müller meinte, der Angeklagte nutzte seine körperliche Überlegenheit gegenüber dem kleinen, zierlichen Mädchen, um seine sexuellen Phantasien zu befriedigen. Da er seine Pläne

»nicht vollständig umsetzen konnte«, tötete er sie aus Wut und Rache. Der Ankläger wies darauf hin, dass sich der Erstickungstod durch Erwürgen über mehrere Minuten hinziehen könne. Bevor der Angeklagte das tote Mädchen in den Teich warf, versteckte er es zwei Tage in der Wohnung.

Ein psychiatrischer Gutachter bescheinigte Daniel V. trotz einiger Auffälligkeiten seines Entwicklungsstands die volle Schuldfähigkeit. Verteidiger Malte Heise sah dennoch im Gutachten die Diagnose einer pathologischen Störung. Er meinte, es handle sich nicht um einen Täter, der ein ausgeprägter und festgelegter Kinderschänder sei. Seine sexuelle Begierde gegenüber Michelle sei ein Fall von »pervertierter Liebe, die mit Pädophilie nichts zu tun hat«. Das Mädchen sei für ihn während der Tat nur mit einer Puppe vergleichbar gewesen, deren Gefühle er nicht wahrgenommen habe. Daniel V. sei ein Einzelgänger, Außenseiter und Muttersöhnchen, der zwar äußerlich stets gut versorgt, innerlich aber immer allein gelassen worden sei.

Auch der Staatsanwalt sah bei ihm »erhebliche Defizite in seiner körperlichen und geistigen Entwicklung«, plädierte aber trotzdem auf die höchstmögliche Jugendstrafe von zehn Jahren Haft. Der Verteidiger beantragte acht Jahre und sechs Monate.

Das Gericht wertete das Geständnis des Angeklagten, die psychische Erkrankung und die gezeigte Reue als strafmildernd. Richter Norbert Göbel verurteilte Daniel V. am 2. Oktober 2009 zu neun Jahren und sechs Monaten Jugendhaft.

Bereits während des Prozesses instrumentalisierten Rechtsextreme in Leipzig den Mord an Michelle. Sie traten bei »Gedenkveranstaltungen« auf und forderten die »Todesstrafe für Kinderschänder«. Die Eltern des Opfers distanzierten sich von dem Treiben. Am 24. März 2010 wurde Daniel V. aus der Jugendstrafvollzugsanstalt Regis-Breitingen verlegt. Der Sprecher des sächsischen Justizministeriums, Till Pietzcker, erklärte dazu: »Da der Fall ein großes Medienecho ausgelöst hat, ist es aus Gründen der Sicherheit und der Resozialisierung des Gefangenen sinnvoll, die Strafe in einem anderen Bundesland zu vollstrecken.«

Nicht nur ein großes Echo in Presse, Rundfunk und Fernsehen, sondern eine umfangreiche Diskussion über Gewalt löste ein Mord am 9. November 1999 in Meißen aus. Er geschah am Franziskaneum, einem traditionsreichen Gymnasium mit fast tausend Schülern und etwa siebzig Lehrerinnen und Lehrern. Eltern, Lehrkräfte, Bildungspolitiker und Schulfunktionäre versuchten, zu ergründen, wie es zu der seit langem beklagten Zunahme von Gewalt an Schulen kommen konnte. Plötzlich erschienen in der Öffentlichkeit ansonsten nicht zu findende Informationen, wie etwa die, dass allein im Schuljahr 1998 an Sachsens Schulen 129 schwere und 631 vorsätzliche leichte Körperverletzungen angezeigt wurden. Über eine hohe Dunkelziffer wurde spekuliert.

Binnen Tagen erfasste eine Debatte über die Aufgaben der Lehrerinnen und Lehrer und ihrem Verhältnis zu den Schülern das ganze Land. Reflexionen zum

DDR-Bildungswesen flackerten kurz auf. Landespolitiker, Jugendforscher und Gewaltexperten charakterisierten das Geschehen wechselweise als »tragischen Einzelfall« oder als düstere Vorboten »amerikanischer Zustände«. Der zuständige Kultusminister Sachsens, Matthias Rößler (CDU), beeilte sich, politische Folgerungen aus dem angekündigten Mord für unnötig zu erklären. Stattdessen betonte er auf einer Veranstaltung in Meißens Stadttheater wortreich die »gute und wichtige Arbeit« von Sachsens Lehrern, die »routiniert genug sind« und »die Sache schon richtig anpacken«.

An jenem Morgen im November 1999 stürmte Andreas S., mit einer Sturmmaske getarnt und zwei Küchenmessern bewaffnet, in seine neunte Klasse, in der die vierundvierzigjährige Sigrun Leuteritz Deutsch und Geschichte unterrichtete. Vor den Augen seiner vierundzwanzig Mitschülerinnen und -schüler stach er wie von Sinnen auf die Frau ein. Der durch zweiundzwanzig Messerstiche Schwerverletzten gelang es, sich noch aus dem Klassenzimmer zwanzig Meter weit auf den Flur zu schleppen. Jede Hilfe kam zu spät. Sigrun Leuteritz starb in den Armen zweier Kollegen. Andreas S. war nach der Tat aus dem Klassenraum geflohen, hatte aber seinen Rucksack mit seinem Schülerausweis dort liegen gelassen. So dauerte es nicht lange, bis er gegen 11.30 Uhr in Niederau widerstandslos festgenommen wurde. »Er wirkte ruhig und gefasst«, sagte ein Polizeisprecher.

Andreas S. hatte seine Mordabsicht angekündigt. »Ich ersteche meine Lehrerin«, soll er zu Freunden gesagt haben. Sein Motiv sei ein grenzenloser Hass auf die als streng geltende Frau gewesen. Das sagte er auch bei der Polizei aus.

Unmittelbar nach dem Mord beteuerten Mitschüler, die Zeugen der Tat geworden waren, einerseits, »dass sie nicht helfen konnten, weil alles so schnell ging«. Andererseits hieß es, der Täter hätte einige Mitschüler von seinem Vorhaben derart minutiös in Kenntnis gesetzt, dass auf die Ermordung der Lehrerin bereits Wetten abgeschlossen wurden.

Am 9. Mai 2000 begann vor dem Landgericht Dresden der Prozess gegen den fünfzehnjährigen Andreas S., in dem der Vorsitzende Richter Herbert Pröls bestätigte, dass mehrere Mitschüler Andreas 1.000 Mark versprochen hatten, wenn er die Lehrerin Sigrun Leuteritz umbringt. Er sah darin einen entscheidenden Auslöser für die Tat. In Verbindung mit dem Hass, den der Jugendliche auf die Frau hegte, kam es zur Katastrophe. Damit thematisierte der Richter das Problem der latenten Gewalt unter den Jugendlichen. In der Öffentlichkeit war zuvor immer wieder auf den beispiellosen Ausnahmefall verwiesen worden.

Im Prozess billigte das Gericht Andreas S. eine verminderte Schuldfähigkeit zu. Ein psychiatrischer Gutachter erkannte bei dem Fünfzehnjährigen eine »Störung der Persönlichkeitsentwicklung«. Am 29. Mai 2000 wurde er zu einer Jugendhaftstrafe von sieben Jahren und sechs Monaten verurteilt. Die Sprecherin des zuständigen Schulamts, Cornelia Franke, kommentierte: »Ein faires und richtiges Urteil.« Viele

Lehrer am Meißner Gymnasium sahen das anders. Psychologe Georg Pieper, der sie damals betreute, bestätigte: »Die Pädagogen hatten mit der Höchststrafe von zehn Jahren gerechnet.«

Die Chance einer grundsätzlichen Diskussion über Gewalt durch und unter jugendlichen Tätern wurde kaum wahrgenommen. Bereits am 9. Dezember 1999 meldete die Nachrichtenagentur AP: »Schüler des Martin-Luther-Gymnasiums im sächsischen Hartha bei Döbeln haben einer Lehrerin mit Mord gedroht. Aus einer Telefonzelle rief ein 15-Jähriger bei ihr an und sagte: ›Wenn du morgen in die Schule kommst, bist du tot.‹ Wolfgang Hügle vom Schulamt Leipzig: ›Zehn Schüler im Alter von 14 und 15 Jahren waren an der Tat beteiligt. Sie wollten angeblich nur einen Spaß machen.‹ Es war der 14. Fall von Gewaltandrohung gegen sächsische Lehrer seit dem Mord von Meißen.«

»Die Polizei bittet um Ihre Hilfe ...«

Erfolge und Grenzen öffentlicher Fahndungen

Fahndungsaufrufe zu großen und kleinen Straftätern gehören heute regelmäßig zum Fernsehprogramm. Das war auch der Fall, nachdem in Jena die zehnjährige Desiree M. spurlos verschwand. Am 9. Februar 2002 wollte das Mädchen den Nachmittag mit ihren Inlineskates verbringen. Sie kehrte nicht nach Hause zurück. Die Eltern meldeten ihre Tochter sofort als vermisst. Bei einer großangelegten Suchaktion von mehr als zweihundertfünfzig Polizisten und Feuerwehrleuten wurde nichts gefunden.

Am folgenden Tag wunderte sich Spaziergängerin Susan Woywodt, als sie auf einer wilden Müllkippe zwischen zwei Bahndämmen nahe einer Kleingartenanlage gegen Mittag glaubte, eine große, weggeworfene Puppe entdeckt zu haben. Beim näheren Hinsehen bemerkte die Dreiunddreißigjährige ihren Irrtum: Es war die Leiche eines kleinen blonden Mädchens. Sie alarmierte die Polizei. Anhand der Kleidung, eines dunkelblauen Kapuzensweatshirts der Marke »Fishbone«, einer dunkelgrünen Hose und der Skating-Schuhe, die Desiree am Samstagnachmittag beim Verlassen ihrer Wohnung in der Ringwiese trug, konnte sie schnell identifiziert werden. Der Fundort befand sich nur dreihundert Meter vom Elternhaus in der ruhigen Ernst-Abbe-Siedlung entfernt. Das Mädchen lag auf dem Rücken, die Beine leicht gespreizt, Knopf und Reißverschluss der Hose waren geöffnet. Das deutete auf ein Sexualverbrechen mit anschließendem Mord hin. Feststellen konnten die Gerichtsmediziner bei der Obduktion zunächst jedoch nur, dass das Kind durch »starken Druck auf die Halsregion« getötet worden war.

Nach sorgfältiger Überlegung entschieden sich die Ermittler, die Hilfe der Öffentlichkeit in diesem Fall zu suchen. So etwas ist immer ein kompliziertes Problem. Einerseits kann solch ein Aufruf sehr nützlich sein. Oft bemerken Menschen rein zufällig etwas völlig belanglos Scheinendes, das sich dann im Zusammenhang mit einer Straftat als wichtiger Hinweis entpuppt. Andererseits gibt es aber auch Wichtigtuer, die wenig relevante Aussagen machen. Trotzdem muss ihnen die Polizei nachgehen, und das blockiert Zeit und Personal. Hinzu kommt die Gefahr, Verdächtige zu Unrecht namhaft zu machen. Im deutschen Recht gilt die Unschuldsvermutung: Solange ein Gericht die Schuld nicht festgestellt hat, gibt es auch keinen »Täter«.

Im Fall Desiree M. schien eine sachliche Berichterstattung dringend geboten, denn die Nachricht vom Mord an dem Mädchen verbreitete sich wie ein Lauffeuer in Jena. 1993 verschwand der bereits erwähnte, neunjährige Bernd Beckmann. Drei Jahre danach, im August 1996, fehlte plötzlich von der zehnjährigen Ramona Kraus jede Spur – sie stammte aus Winzerla, demselben Ortsteil von Jena, in dem auch Desiree lebte. Ebenso wie bei ihr waren auch Ramonas Eltern Bauunternehmer. Doch in keinem der beiden Fälle gab es Erpressungsversuche. Ramona Kraus' Leichnam wurde 1997 geborgen. Erst im Januar 2019 fasste die Polizei einen Verdächtigen, worüber noch zu berichten sein wird. Nun herrschte die Angst, ein Serienmörder würde in der thüringischen Stadt und ihrer Umgebung sein Unwesen treiben.

Trotzdem blieb die Fahndung im Fernsehen ohne relevante Ergebnisse. Gleichzeitig erhöhte sich für die Polizei der Ermittlungsdruck. Augenscheinlich bestand kein Zusammenhang zu den beiden ungeklärten Morden, denn im Gegensatz zu den dabei festgestellten Umständen gab es im Fall Desiree keine Beobachtungen oder Gegenstände, anhand derer man den Verlauf ihrer letzten Stunden hätte rekonstruieren können.

Eine heiße Spur fanden die Kriminalisten erst, als sie sich für einen Mann interessierten, der im August 2002 als Serienvergewaltiger verhaftet und danach vom Landgericht Gera zu einer Haftstrafe von dreizehn Jahren und sechs Monaten verurteilt worden war. Am 3. Juni 2003 bestätigte Staatsanwältin Sylvia Reuter, dass gegen den bereits Inhaftierten erneut Haftbefehl erlassen wurde. Rolf Wagner von der Jenaer Kriminalpolizei ergänzte: Der zu jener Zeit sechsundzwanzigjährige Steffen G. aus Jena hatte vor und nach dem Mord an Desiree M. in Gera drei junge Frauen im Alter zwischen fünfzehn und zwanzig Jahren vergewaltigt und ihre Handys gestohlen. Mit einem Nokia

6210 eines Opfers telefonierte er noch nach der Tat, was die Polizei auf seine Spur brachte.

Bis dahin wertete die Polizei über hundertzwanzig Spuren aus, vernahm hundertsiebenundsechzig Zeugen und befragte rund dreitausend Personen. Nun galt als wichtiges Indiz, dass Steffen G. früher in der Nähe der Wohnung von Desirees Familie lebte, denn oft sind es Bekannte aus dem Umfeld des Opfers, die derartige Taten begehen.

Im Fall Desiree M. leugnete der Verdächtige. Bewiesen werden konnte ihm der Mord dennoch, und zwar anhand von Faserspuren. Obwohl seine Kleidung erst acht Monate nach der Tat beschlagnahmt und zwischendurch mehrfach gewaschen worden war, fanden sich daran elf Fäden aus Desirees blauem Sweatshirt. Das Opfer trug sechsundsiebzig Spuren, die von Steffen G. stammen sollten. Einen besonderen Beweiswert maß Staatsanwältin Sylvia Reuter einer »roten Viskosefaser« bei, die von einer Decke des Angeklagten auf die Jeans des Mädchens gelangte. Es sei »deutlich«, dass Steffen G. »als Transporteur dieser Faser fungierte«.

Damit hatte das Landgericht Gera nun auf der Grundlage von Indizien zu entscheiden. Das gibt es in einem Mordprozess selten. Auch Faserspuren lieferten zwar immer wieder wichtige Hinweise, aber allein aufgrund einer solchen Spurenlage wurde bislang kein Täter verurteilt.

In diesem Fall überzeugte sie jedoch das Landgericht Gera. Richter Reinhard Maul sah es als erwiesen an, dass der Angeklagte die Zehnjährige am 9. Februar 2002 unweit der Wohnung ihrer Eltern aus sexuellem Verlangen überfallen und dann getötet hatte, um die Tat zu vertuschen. Mit dem Strafmaß folgte das Gericht dem Antrag von Staatsanwaltschaft und Nebenklage. Der Verteidiger hingegen hatte »wegen begründeter Zweifel« an der Täterschaft seines Mandanten Freispruch gefordert. Am 7. April 2005 sprach das Gericht Steffen G. der versuchten Körperverletzung und des versuchten sexuellen Missbrauchs mit Todesfolge schuldig. Unter Berücksichtigung seiner Vorstrafen wurde er zu lebenslanger Haft und anschließender Sicherungsverwahrung verurteilt. Der Bundesgerichtshof verwarf am 7. Dezember 2005 seine Revision, so dass das Urteil damit rechtskräftig wurde.

Nachdem sich im Fall der ermordeten Desiree M. gezeigt hatte, dass die Öffentlichkeit trotz Hunderter von Hinweisen nicht helfen und der Mord schließlich nur durch die Kriminaltechnik geklärt werden konnte, flammte die Diskussion darüber erneut auf, inwieweit es überhaupt sinnvoll sei, über derartige Verbrechen im Fernsehen zu berichten.

In diesem Zusammenhang ist ein Blick in die Vergangenheit hilfreich. Der Spagat zwischen dem Vorwurf, »Menschenjagd« zu betreiben und zum Denunziantentum aufzufordern, und der Notwendigkeit, während der Ermittlungen nach Verdächtigen oder Zeugen zu suchen, begann am 20. Oktober 1967 im Zweiten Deutschen Fernsehen mit der Sendung »Aktenzeichen XY … ungelöst«. Sie läuft bis heute, und trotz der erheblichen Konkurrenz durch die privaten Sender sehen jedes Mal um die fünf Millionen Zuschauer die öffentliche Fahndung. Das hat längst zu regionalen Fahndungssendungen – wie etwa »Täter, Opfer, Polizei« beim RBB oder »Kripo live« beim MDR – geführt, die ebenfalls erfolgreich die polizeilichen Ermittler unterstützen. In welchem Umfang das geschieht, belegen die Zahlen. Nach mehr als 500 Mal »Aktenzeichen XY ... ungelöst« wies die Bilanz zum fünfzigjährigen Jubiläum per 1. August 2017 aus, dass 4.586 Fälle behandelt worden waren und 1.853 davon aufgeklärt wurden. Das entsprach einer Erfolgsquote von 40,4 Prozent. Insgesamt wurden 2.319 Täter festgenommen. Fast ein Drittel der XY-Fälle betraf Tötungsdelikte, im Laufe der Jahre waren es 1.502 derartige Verbrechen, von denen 623 aufgeklärt wurden. Bei 182 Sexualverbrechen waren es 41,9 Prozent und bei 230 versuchten Tötungen 41,4 Prozent, die sich dank der Öffentlichkeitsfahndung enträtseln ließen.

Im Fall Desiree M. hatte es vierzehn Monate gedauert, bis die Polizei einen Verdächtigen ermittelte, der dann auch verurteilt werden konnte. Die Arbeit der 2016 geschaffenen Sonderkommissionen »Altfälle« zeigte, dass sie oft auch nach langer Zeit nicht auf das »Die Polizei bittet um Ihre Hilfe ...« verzichten kann. Selbst wenn Hinweise aus der Öffentlichkeit nicht immer direkt zum Erfolg führen, regen sie doch neue Überlegungen an und fördern eine erweiterte Sicht auf den Fall. »Hartnäckigkeit und Gründlichkeit« beschrieb SOKO-Chef Lutz Schnelle als Eckpunkte des

Erfolgsrezepts seiner Leute. Das zeigte sich manchmal auch darin, wenn zu bereits wegen anderer Delikte verurteilten Straftätern weiterermittelt wurde. Ein Beispiel dafür war der Fall Ramona Kraus.

Am 15. August 1996 verschwand das zehnjährige Mädchen scheinbar spurlos auf dem Nachhauseweg von der Schule. Fünf Monate später, am 13. Februar 1997, fand ein Jäger in einem Wald bei Großburschla, rund hundertdreißig Kilometer von Jena entfernt, Ramonas Schulranzen. Wenig später wurden die sterblichen Überreste des Kindes entdeckt.

Die Ermittler gingen nun davon aus, dass ein Unbekannter Ramona Kraus in der Nähe des Columbus-Centers in Jena-Winzerla angesprochen und dann mit seinem Pkw an einen unbekannten Ort verbracht hatte, an dem er das Mädchen tötete. Anschließend fuhr er die Leiche nach Großburschla, wo er sie ablegte. Es gab einige Tatverdächtige im Fall Ramona, aber die Spuren reichten nicht, um einen von ihnen dingfest zu machen. Zu jener Zeit wurde auch intensiv nach einem Mann gefahndet, der sich bereits an mehreren anderen Kindern vergangen hatte.

Am 24. Januar 1998 meldete die *Morgenpost* unter der Überschrift: »Im Hotelbett geschnappt«: »Für die Ermittler ging nach monatelanger Fahndung die Suche nach einem mutmaßlichen Kinderschänder zu Ende: In einem Hotel in Nohra bei Weimar wurde Wilfried M… (55, Foto) verhaftet. Schwerbewaffnete Polizisten überwältigten den ehemaligen Fremdenlegionär in der Nacht in seinem Zimmer. Der Tipp kam vom

Geschäftsführer des Hotels, dem M… verdächtig vorkam. Er war mit einem Geländewagen mit gefälschten Kennzeichen vorgefahren, hatte sich unter falschem Namen eingetragen. Er soll am 17. Oktober die kleine Christine (10) aus Großelbstadt in Unterfranken missbraucht, danach auch zwei Mädchen (12) aus Halle zu sexuellen Handlungen gezwungen haben.«

Eine Tat in Brandenburg kam hinzu, und sie alle wurden von dem in Berlin geborenen Mann mit ungewöhnlicher Brutalität verübt. Er fesselte seine Opfer und bedrohte sie mit einer Pistole. Im Fall Christine kidnappte er die Zehnjährige im Oktober 1997 vor den Augen ihrer Spielgefährten mit vorgehaltener Waffe, verschnürte das Kind mit Klebeband, warf es in den Kofferraum eines gestohlenen Nissan Micra und fuhr dann mit dem Mädchen zweihundert Kilometer nach Thüringen. Dort vergewaltigte der Intensivtäter, der erst fünf Wochen zuvor aus dem Gefängnis entlassen worden war, die Schülerin zweimal. Dann ließ er sie in der Kälte zurück.

Der Polizei half bei der Fahndung, dass sich das Opfer an eine auffällige Tätowierung auf der Brust des Vergewaltigers erinnern konnte. Da er einmal in der Nähe des Ortes der Entführung von Ramona Kraus wohnte und einschlägig vorbestraft war, geriet er bereits 1996 in Verdacht. Bewiesen werden konnte ihm damals jedoch nichts.

Im Januar 1999 verurteilte das Landgericht Schweinfurt Wilfried M. wegen Misshandlung und Vergewaltigung der vier Kinder zur Höchststrafe von fünfzehn

Jahren Haft. Da ein Psychiater dem Triebtäter eine akute Wiederholungsgefahr attestierte, ordnete das Schwurgericht zudem Sicherungsverwahrung an.

Nach dem Verbüßen seiner Strafe setzte die vom Gericht angeordnete Sicherungsverwahrung ein. Sie ist im deutschen Strafrecht das allerletzte Mittel, um die Gesellschaft zu schützen, wenn damit zu rechnen ist, dass ein Täter auch nach dem Ende seiner Haft noch gefährlich ist. Deshalb wird sie nur im Ausnahmefall angewandt, denn genau genommen ist sie keine Strafe, sondern folgt im Anschluss an die Freiheitsstrafe. Daraus ergibt sich die Pflicht, immer wieder zu überprüfen, ob das Aggressionspotential noch vorhanden ist. Das geschieht unter anderem durch standardisierte Befragungen, die die spontane Aggressivität, reaktive Aggressivität, Erregbarkeit, Selbstaggressivität und Aggressionshemmung aufdecken sollen. Als Maß für die nach außen gerichtete Aggressivität können die ersten drei Aspekte zu einem Summenwert zusammengefasst werden. Kritiker bemängeln, dass die Fragen des Testes sehr leicht zu durchschauen und dadurch durch den Probanden manipulierbar sind. Das gelang möglicherweise auch Wilfried M., denn 2016 wurde er vorzeitig aus der Sicherungsverwahrung entlassen.

Einen Zusammenhang mit den Ermittlungen im Fall Ramona Kraus, die damals bereits fast zwanzig Jahre liefen, sah die Polizei zu jener Zeit noch nicht. Da sie jedoch nicht vorankam, entschloss man sich, noch einmal ganz von vorn zu beginnen. Dabei konzentrierten sich die Kriminalisten neben der Neudurchsicht der vorhandenen Ermittlungsergebnisse auch auf bereits verurteilte Sexualstraftäter. Aus den Tausenden Personen, die in den Akten auftauchten, wurden dreißig »näher untersucht«. Von diesen dreißig seien zwei Tatverdächtige herausgestochen, erklärte Ermittler Sven Opitz.

Als im Herbst 2018 bekannt wurde, dass ein verurteilter Sexualstraftäter, der sich bereits im offenen Vollzug befand, einem Mithäftling erzählte, dass bei einer seiner Taten 1997 »eine auf der Strecke geblieben« sei, geriet er im Fall Ramona Kraus in Verdacht.

Diese Spur ließ sich nicht erhärten, trotzdem wurde es zu einem Erfolg der SOKO »Altfälle«. Im Zuge der erneuten Ermittlungen zu dem sechsundfünfzigjährigen Verdächtigen fanden die Beamten bei Durchsuchungen Hinweise zu anderen möglichen Verbrechen. So hatte die Polizei Mitte Dezember 2018 in seiner Wohnung unter anderem mehrere Datenträger und andere Beweismittel entdeckt. Sie offenbarten, dass der Mann mindestens drei seiner Opfer, eines davon knapp sechzehn Jahre alt, betäubt und dann »massive sexuelle Handlungen« an ihnen vorgenommen hatte. Dabei filmte er seine Taten. Die missbrauchten Frauen aus seinem persönlichen Umfeld wussten nichts von den Übergriffen, weil sie zur Tatzeit bewusstlos waren. Welche Substanzen der mutmaßliche Täter benutzte, um die Frauen zu narkotisieren, sei nicht bekannt, hieß es in der Mitteilung der Polizei. Seine Verbrechen reichten bis in das Jahr 2001 zurück. Obwohl die

Ermittler, die den Mann während eines genehmigten Freigangs in Erfurt verhafteten, 2018 zunächst mit Blick auf den ungelösten Fall Ramona Kraus von einem »Durchbruch« sprachen, war es ein falscher Verdacht. Nach den neuen Beweisen blieb aber der Mann bis zum neuen Prozess im Gefängnis, aus dem er ansonsten Ende Dezember 2018 entlassen worden wäre.

Der zweite Verdächtige im Zuge der neuen Ermittlungen geriet ab September 2018 in den Fokus der SOKO »Altfälle«. Es handelte sich um den Intensivtäter Wilfried M., der im Januar 2016 vorzeitig entlassen und in Sachsen angesiedelt worden war. Der inzwischen Sechsundsiebzigjährige lebte als Rentner in Mühltroff im Vogtlandkreis. Im Rahmen des in Sachsen angewandten »Informationssystems zur Intensivüberwachung besonders rückfallgefährdeter Sexualstraftäter« (ISIS-Programm) stand er bei der Staatsanwaltschaft Zwickau unter Führungsaufsicht. Er hatte einen Bewährungshelfer und erhielt regelmäßig sogenannte Gefährderansprachen.

Gleichzeitig observierten ihn die Männer um SOKO-Ermittler Andreas Gerstberger. Er informierte die Öffentlichkeit am 30. Januar 2019 über das Vorgehen der Polizei. Sie habe dem Verdächtigen am 25. Januar 2019 telefonisch mitgeteilt, dass ein erneuter Haftbefehl gegen ihn vorliege, um seine Reaktion zu beobachten. Daraufhin schaltete Wilfried M. sein Handy ab und warf es weg. Danach reiste er kreuz und quer im Bundesgebiet umher, immer beobachtet von der Polizei. Der sei es dabei gelungen, eine »Vielzahl an

Sachen dokumentieren zu können, die noch nicht Gegenstand der Öffentlichkeit waren – die nur ein Tatbeteiligter wissen konnte«. Schließlich lockten Polizisten den Mann am 29. Januar 2019 nach Erfurt. »Wir haben ihn so gelenkt und geleitet, dass wir ihn letzten Endes in unserem Territorium festnehmen konnten«, erläuterte Andreas Gerstberger. Staatsanwalt Martin Zschächner aus Weimar erklärte Ende Januar 2019, dass sich Wilfried M. zu den Tatvorwürfen im Fall Ramona Kraus noch nicht geäußert habe. Die weitere Klärung dieses Verbrechens lief im Sommer 2019 noch, auch wenn Polizei und Staatsanwaltschaft davon ausgingen, den richtigen Verdächtigen gefasst zu haben. Dabei stützten sie sich auf das von Wilfried M. offenbarte Täterwissen.

Im Februar 2019 gab Rainer Kraus, Ramonas Vater, dem MDR ein Interview. Der zweiundsechzigjährige Maschinenbauingenieur betrieb inzwischen eine Gaststätte in Sömmerda. Er erinnerte sich an die Zeit nach dem Verschwinden seiner Tochter. Die Ungewissheit war für ihn kaum zu ertragen. Er habe sich betäubt. »Viel arbeiten, viel trinken, viel rauchen.« Seine Ehe zerbrach kurz nach Ramonas Beerdigung. Rainer Kraus wollte seinem Leben ein Ende setzen: »Ich saß oft besoffen im Auto, aber ich war zu feige, gegen den Betonpfeiler zu fahren.« Seine Baufirma ging pleite.

Dennoch kämpfte Rainer Kraus gegen das Aufgeben. Er überwand seine Alkoholkrankheit. Vergessen konnte er nicht: »Ich bin bis heute in psychiatrischer und psychotherapeutischer Behandlung ... Ich bin kein gebrochener Mann. Ich bin alternd, aber ständig nach vorne blickend und auf der Suche nach Glück.« Zu den verschiedenen Verdächtigen im Fall seiner ermordeten Tochter Ramona zog er eine bittere Bilanz: »Ich kritisiere den deutschen Rechtsstaat massiv. Er spricht nicht Recht, sondern Unrecht. Pädophile sind nicht heilbar.«

Eltern, die ihr Kind sterben ließen

Totschlag durch Nichtstun

Am 27. Oktober 2005 begann vor dem Landgericht Cottbus ein Prozess, an dessen Ende zunächst nicht einmal der Staatsanwalt wusste, auf welche Strafe er plädieren sollte. Auf der Anklagebank saßen die vierundvierzigjährige Angelika B. und ihr achtunddreißigjähriger Mann Falk. Das Gericht warf ihnen vor, sie hätten tatenlos dem langsamen Verhungern ihres Sohnes Dennis zugesehen und danach dessen Leiche zweieinhalb Jahre in der Wohnung gelagert. Vermutlich starb das siebte von insgesamt elf Kindern der Angeklagten kurz vor Weihnachten 2001 im Alter von sechs Jahren. Der Staatsanwalt erbat vom Gericht einen »rechtlichen Hinweis«, ob in diesem Fall eine Verurteilung wegen Mordes aus Grausamkeit in Frage komme. Der Vorsitzende Richter Roland Bernards antwortete: »Ein Kind durch Unterlassen verhungern zu lassen, kann sehr wohl grausam sein.« Dementsprechend folgte ein Urteil für Angelika und Falk B. zu lebenslanger Haft. Die Verteidiger sahen allenfalls Körperverletzung mit Todesfolge und gingen in Revision.

Sie betraf damit einen Ausnahme-, aber keinen Einzelfall. Am 1. März 2005 starb in Hamburg die siebenjährige Jessica. Nach einer langfristigen Unterernährung war sie auf 9,6 Kilogramm abgemagert. Ihre Eltern, Marlies S. und Burkhard M., hatten sie jahrelang in einem Zimmer ihrer Wohnung eingesperrt und vernachlässigt. Am 25. November 2005 verurteilte das Landgericht Hamburg beide dafür zu einer lebenslangen Freiheitsstrafe wegen Mordes durch Unterlassen. Am 10. Oktober 2006 verwarf der Bundesgerichtshof die Revision, wodurch die Urteile gegen die beiden Angeklagten rechtskräftig wurden. Nun gab es einen ähnlich gelagerten Fall in Cottbus. Auch hier war ein Kind im Zusammenspiel von persönlichem Versagen, gesellschaftlicher Kälte und bürokratischem Desinteresse zu Tode gekommen.

Die Chronologie eines Totschlags durch Nichtstun:

4. Januar 1995:

Dennis kam in Cottbus zur Welt. Angelika B. fühlte sich überfordert und von ihrem Mann allein gelassen: »Ich habe meine Sorgen mit Alkohol verdrängt, irgendwie abgeschaltet, die Realität einfach ausgeblendet«, sagte die Frau im März 2011 der *Lausitzer Rundschau*. Ein halbes Jahr nach der Geburt sprang oder fiel sie betrunken aus dem Fenster, genau konnte das nicht geklärt werden. Damals war sie bereits mit ihrem achten Kind schwanger. Sie erlitt schwere Verletzungen. Dennis kam in ein Kinderheim.

September 1996:

Der Junge entwickelte sich normal. Bei der Entlassung

aus dem Heim wog er 9,6 Kilogramm. Die Familie lebte von Sozialhilfe und Kindergeld. Bis 1999 brachte Angelika B. vier weitere Kinder zur Welt. Acht lebten in der Familie, drei waren schon früher zur Adoption freigegeben worden. Im Herbst 1997 nahmen die arbeitslosen Eltern Dennis aus der Kita.

Mitte 2000:
Der Junge war so stark abgemagert, dass es jedem sofort ins Auge fiel. Deshalb durfte er die Wohnung nicht mehr verlassen. Er wog nur noch sieben Kilogramm und maß keinen Meter, normal wären in dem Alter etwa fünfundzwanzig Kilogramm und eine Größe von hundertfünfundzwanzig Zentimetern.

Frühjahr 2001:
Die Eltern meldeten den schulpflichtigen Dennis nicht für die Schule an. Auf ein Schreiben der Schulleiterin antworteten sie nicht. Diese informierte das Staatliche Schulamt, doch es gab keine Reaktion darauf. Richter Roland Bernards erläuterte dazu später in der Urteilsbegründung: »Hätte das Schulamt 2001 mehr unternommen als nichts, wäre das Kind wohl nicht gestorben.« Trotzdem sah er erstrangig das Versagen der Eltern: »Hätten sie Dennis versorgt wie ihre anderen Kinder, wäre er nicht gestorben.«

Sommer 2001:
Zum Geburtstag von Angelika B. entstand ein Video, das später im Prozess gezeigt wurde. Die Frau tanzte,

schminkte sich und kokettierte mit der Kamera. Die Gäste kamen, und die vielen Kinder liefen ungelenk zwischen immer mehr Betrunkenen hin und her. Im Hintergrund erkannte man ganz kurz Dennis. Er stand im Flur wie ein Geist. Niemand beachtete ihn.

20. Dezember 2001:

Nach Aussage der Mutter bekam Dennis plötzlich Fieber, begann zu zittern und starb, als die anderen Kinder gerade auf dem Weihnachtsmarkt waren. In dem im April 2005 ausgestrahlten ARD-Film *Keiner hat was gemerkt – Der Fall Dennis* der Berliner Autorin Caterina Woj behauptete Ehemann Falk, er habe von dem Tod nichts gewusst. An jenem Tag sei er nach der Arbeit zu einer Weihnachtsfeier gegangen. Am nächsten Morgen beim Frühstück erklärte ihm seine Frau, Dennis sei mit einem Hubschrauber in ein Berliner Krankenhaus gebracht worden. Auf Nachfragen habe seine Frau immer gesagt, es gehe Dennis noch nicht besser.

Angelika B. verbarg die Leiche zunächst in einem Bettkasten des kleineren Kinderzimmers. Später legte sie den toten Jungen in die Tiefkühltruhe in der Küche. Das Gerät sei nicht richtig funktionsfähig gewesen. Ihr Mann habe den Stecker gezogen, doch es sei kein Geruch nach außen gedrungen, gab die Frau vor Gericht an.

Mai 2002:

Nach einer erneuten Aufforderung der Behörden meldeten die Eltern den bereits toten Dennis gemeinsam mit seinem jüngeren Bruder Benjamin zur Schule an. Das Versäumnis ein Jahr zuvor erklärte die Mutter nun damit, dass ihr Sohn angeblich an Diabetes erkrankt und zu Weihnachten 2001 in ein Krankenhaus und danach in eine Rehaklinik gebracht worden sei.

17. Juni 2004:
Einer Mitarbeiterin des Sozialamts kamen wegen der widersprüchlichen Aussagen der Eltern zum Aufenthalt ihres Sohnes Zweifel. Der angebliche Hubschraubertransport ins Krankenhaus ließ sich nirgendwo nachweisen. Sie informierte das Jugendamt, das einen Tag später die Polizei einschaltete.

21. Juni 2004:
Polizisten durchsuchten die Wohnung und fanden die Überreste von Dennis in der Kühltruhe. Eine Polizistin berichtete später über den Zustand der Wohnung in Cottbus-Sandow vor Gericht: »Es roch nach Urin und Exkrementen. Ich musste das Fenster aufmachen, weil es so unerträglich war.«

6. April 2005:
Angelika und Falk B. traten in der bereits erwähnten TV-Dokumentation auf. Das Berliner Boulevardblatt *B.Z.* titelte: »Dennis verhungert, Mutter darf im TV jammern«. Im Bericht über den Film hieß es: »Die Kühltruhe stand in der Küche. Jeden Tag saß die Familie am Küchentisch daneben und frühstückte ... Mutter Angelika, 43, gibt sich ...verzweifelt: ›Ich würde,

wenn ich könnte, die Zeit zurückdrehen oder alles ungeschehen machen.‹ Schuld gibt sie sich selbst … Die Eltern lassen sich am Grab von Dennis filmen: eine grüne Wiese, auf der ein Plüschtier und eine Blume liegen. Was ist aus den anderen Kindern geworden? Die drei volljährigen Jungen sind aus dem Haus, vier der Kleinen leben weiter bei den Eltern und zwei sind zur Adoption freigegeben.« Der Film wurde später auch in der Gerichtsverhandlung gezeigt.

April 2005:
Nach einer Untersuchungshaft von nur wenigen Tagen kamen Angelika und Falk B. im Sommer 2004 wieder auf freien Fuß. Nun, ein Dreivierteljahr später, erhob die Cottbuser Staatsanwaltschaft gegen sie Anklage wegen Totschlags, Misshandlung eines Schutzbefohlenen sowie Betrugs. Letzterer betraf das Kassieren des Kindergelds für das tote Kind bis November 2003 in Höhe von knapp 3.800 Euro.

27. Oktober 2005:
Vor dem Landgericht Cottbus begann der Prozess. Angelika B. behauptete, dass Dennis starb, weil er nicht essen wollte. Sie habe den langsam sichtbar verfallenden Jungen nicht zum Arzt gebracht, weil es »ein Horror« für sie gewesen sei, »in Wartezimmern herumzusitzen«.

Der Anwalt von Angelika B. wies von Anfang an darauf hin, dass die Frau mit der Erziehung ihrer vielen Kinder überfordert gewesen sei. Sie habe zwar pflichtwidrig als Mutter gehandelt, aber nicht grausam. »Die Angeklagten lebten unter schwierigen finanziellen und sozialen Verhältnissen am Rande der Gesellschaft«, betonte er.

17. November 2005:
Zu den Beweismitteln gehörte auch die mit bunten Aufklebern dekorierte Kühltruhe. Als Staatsanwalt Tobias Pinder den Deckel anhob, durchzog ein stechender Gestank den Gerichtssaal. Die Verhandlung wurde unterbrochen, die Fenster geöffnet, damit der Verwesungsgeruch hinausziehen konnte.

9. Januar 2006:
Die Gutachten von Professor Michael Radke, Chefarzt der Potsdamer Kinderklinik, und von Gerichtsmediziner Dr. Harald Voß aus Frankfurt (Oder) belegten, dass Dennis »über Monate, wenn nicht Jahre, langsam verhungert« war. Aus den gefundenen Überresten von 3.840 Gramm schlossen sie, dass er zum Todeszeitpunkt etwa fünf Kilo wog. Seine Größe lag bei nur neunundachtzig Zentimetern. Sein Körper habe sich regelrecht aufgezehrt, alles Fett war aufgebraucht. Dennis konnte schon Wochen vor seinem Tod weder laufen noch sitzen oder sprechen.

12. Januar 2006:
Daraufhin verschärfte Staatsanwalt Tobias Pinder die Anklage auf Mord und Misshandlung eines Schutzbefohlenen. Angelika B. wies in einer persönlichen Er-

klärung den Mordvorwurf zurück. »Das ist nicht wahr, wir haben uns immer um unsere Kinder gekümmert.«

Der psychiatrische Gutachter Dr. Jürgen Rimpel, Chef der Landesklinik Lübben, widersprach: Die Mutter habe trotz eigener Probleme immer gewusst, »dass ein abmagerndes Kind krank ist und zum Arzt muss«. Sie habe genug Erfahrung als Mutter gehabt, um die Bedrohlichkeit von Dennis' Zustand zu erkennen. »Vielleicht hat es Momente gegeben, in denen sie nicht in der Lage war zu handeln, aber sie hatte viele Monate Zeit zu handeln.« Trotz einer Borderline-Persönlichkeitsstörung, verbunden mit Depressionen, sozialen Kontaktstörungen, Angst, gelegentlicher Impulsivität und Aggressivität, hielt er die volle Schuldfähigkeit für gegeben. Auch Falk B. galt als voll schuldfähig, obwohl sein Intelligenzquotient nur 55 – bei einem Normalwert von 100 – betrug. Er sei ein »im Alltag gut angepasster Mann, der mit sich und seinem Familienleben eigentlich ganz zufrieden war«.

Am Ende der Verhandlung plädierte die Staatsanwaltschaft für beide auf die Höchststrafe. Die Verteidigung von Angelika und Falk B. griff daraufhin die Sachkunde der Gutachter an und beantragte wegen Körperverletzung mit Todesfolge im minderschweren Fall milde Strafen auf Bewährung.

20. Februar 2006:
Das Landgericht Cottbus verurteilte Angelika und Falk B. wegen Mordes zu lebenslangen Haftstrafen. Ein sofortiger Haftbefehl wurde nicht erlassen, weil

keine Fluchtgefahr bestand. Die Verteidigung ging beim Bundesgerichtshof in Revision.

19. März 2007:

Die obersten deutschen Richter meinten, dass es sich bei der Tat nicht um Mord handelte. In der Entscheidung hieß es: »Der Bundesgerichtshof hat den Schuldspruch bestätigt, soweit die Angeklagten wegen vorsätzlicher Tötung ihres Kindes und wegen Misshandlung von Schutzbefohlenen verurteilt sind. Denn die Angeklagten hatten nach den Urteilsfeststellungen erkannt, dass ihr Sohn immer mehr abmagerte und schließlich vollständig entkräftet war. Dennoch unterließen sie geeignete Hilfsmaßnahmen.« Das Mordmerkmal »Grausamkeit« sahen sie nicht: »Soweit das Schwurgericht das Geschehen als grausame Tötung und damit als Mord gewertet hat, hat der Bundesgerichtshof das Urteil dahin abgeändert, dass die Angeklagten wegen Totschlags verurteilt sind. Es bleibt letztlich offen, ob das Untätigbleiben der Angeklagten nicht insgesamt nur einer von Gedanken- und Hilflosigkeit geprägten, durch Passivität gekennzeichneten Lebensführung entsprang. Hierfür sprechen die außergewöhnlichen Umstände im Tatbild und die mit psychischen Beeinträchtigungen belasteten Täterpersönlichkeiten. Zudem verspürte das Tatopfer nach den Feststellungen des sachverständig beratenen Schwurgerichts infolge der sich über Jahre hinziehenden Mangelernährung – wobei ihm Nahrung nicht verweigert wurde – bereits etwa eineinhalb Jahre vor seinem Tode und damit in dem Zeitraum, in dem die Angeklagten mit Tötungsvorsatz handelten, keinen Hunger mehr. Für die Verwirklichung des Mordmerkmals der Grausamkeit wäre es aber erforderlich, dass das Opfer die besonderen Schmerzen oder Qualen zu einem Zeitpunkt erlitten hat, zu dem bereits Tötungsvorsatz gegeben war. Da Dennis weder Hungergefühl äußerte noch sonst besondere Schmerzen erkennen ließ, kann allein aus dem Unterlassen von Hilfe trotz von den Angeklagten bemerkter fortschreitender Auszehrung – anders als vom Schwurgericht angenommen – nicht ohne weiteres darauf geschlossen werden, dass die mit der Versorgung ihrer sieben Kinder heillos überforderten Angeklagten etwaige Schmerzen körperlicher und seelischer Art bei Dennis noch in der maßgeblichen letzten Phase ihres Unterlassens erkannt hätten.«

28. August 2007:
Entsprechend der Entscheidung des Bundesgerichtshofs verurteilte das Landgericht Cottbus in einem erneuten Prozess Angelika B. zu dreizehn Jahren, ihren Mann Falk zu elf Jahren Haft wegen Totschlags. Beide legten wieder Revision ein, dieses Mal ohne Erfolg.

1. Februar 2008:
Angelika und Falk B. kamen der Ladung zum Haftantritt nicht nach. Daraufhin ließ die Staatsanwaltschaft Haftbefehle vollstrecken. Die Frau wurde in die JVA Luckau-Duben, ihr Mann in die JVA Cottbus-Dissenchen gebracht.

10. Mai 2010:

Die *Süddeutsche Zeitung* berichtete über Angelika und Falk B.: »Sie wirken nicht wie Leute, die begreifen, dass sie etwas getan oder nicht getan haben, sondern wie Leute, denen etwas passiert ist ... Sie sind in der DDR aufgewachsen, in Familien, die ihnen keine waren. Der Vater von Angelika B. war Gefängniswärter und sagte sich von seiner Tochter los, als sie von zu Hause abhaute, tanzte, trank, nicht mehr zur Arbeit erschien und wegen ›asozialen Verhaltens‹ eingesperrt wurde. Der Vater von Falk B. war ein Trinker, der seine Kinder so lange schlug, bis sein Sohn groß genug war, zurückzuschlagen. (...) Als Angelika und Falk B. sich 1990 kennenlernen, beziehen sie eine Wohnung in einem Cottbusser Plattenbauviertel und gründen dort ihre eigene Familie. Angelika B. hat zu dem Zeitpunkt schon vier Kinder geboren, das Erste, da war sie zwanzig, gab sie zur Adoption frei, drei Jungs bringt sie mit. Falk B. ist noch nicht Vater, aber in den nächsten Jahren wird er es sieben Mal.«

16. März 2011:

Die *Lausitzer Rundschau* besuchte die inzwischen neunundvierzigjährige Angelika B. in der Haft. Sie war dabei, ihren Schulabschluss nachzuholen und plante eine spätere zweijährige Berufsausbildung im Gastgewerbe. Ihre Kinder hielten zu ihr: »Ich will ihnen und mir beweisen, dass ich etwas kann, dass ich keine Versagerin bin. Die Anstalt in Luckau-Duben bietet mir eine Perspektive. Diese Chance will ich nutzen.« Von Falk hatte sie sich getrennt: »Mein Mann ist weder zu einer Therapie noch zu einer Bildungsmaßnahme bereit. Er sitzt seine Zeit einfach ab.« Angelika B. befürchtete, »dass er sich nicht ändert, nach der Entlassung der gleiche Trott weitergeht: Arbeit, Kumpels, Alkohol. Das war sein Leben. Eine Hilfe für mich war er nicht.«

Sommer 2014:
Auf eine Anfrage nach einem weiteren Besuch im Gefängnis ließ Frau B. ausrichten, sie sei dazu nicht bereit. Das begründete sie mit der Furcht vor einer Belastung ihrer eigenen und der Zukunft ihrer Kinder.

Juli 2016:
Angelika B. lehnte eine vorzeitige Entlassung aus der Haft ab. Da im September 2016 zwei Drittel der Strafe verbüßt wären, hätte sie das Recht auf einen entsprechenden Antrag. Ein Sprecher der Staatsanwaltschaft teilte mit, die Frau habe ihre Entscheidung »rudimentär begründet«. Einzelheiten wollte er mit Verweis auf den »höchstpersönlichen Bereich« der Gründe jedoch nicht nennen.

21. Dezember 2018:
Der Rundfunk Berlin-Brandenburg (RBB) berichtete: »17 Jahre nach dem Tod des sechsjährigen Dennis aus Cottbus ist die Mutter wieder auf freiem Fuß. Ihrem Antrag auf vorzeitige Haftentlassung wurde stattgegeben. Das hat die Staatsanwaltschaft Cottbus am Frei-

tag rbb|24 mitgeteilt. Sie hätte mehr als zwei Drittel ihrer 13-jährigen Gefängnisstrafe abgesessen ... Auch der verurteilte Vater von Dennis hatte diese Regelung genutzt. Er war bereits vor drei Jahren auf Bewährung freigekommen.«

22. Dezember 2018:
Bild titelte: »Horror-Mutter ist wieder auf freiem Fuß«. Daraus klang Unverständnis für die vorzeitige Entlassung. Angelika B., inzwischen sechsundfünfzig Jahre alt, hatte zehn Jahre im Gefängnis gesessen. Dort begann sie, über ihren toten Dennis zu sprechen. Mit Hilfe von Psychologen versuchte sie, Antworten zu finden, warum sie ihn hat sterben lassen: »Ich war psychisch krank, konnte keine Nähe zulassen, hätte Hilfe gebraucht.«

Die Chance auf Resozialisierung ist ein Grundprinzip im deutschen Strafrecht. Auch wenn sie manchmal schwer verständlich zu sein scheint.

Warum schoss Robert Steinhäuser?

Das Schulmassaker von Erfurt

Am 26. April 2002, einem Freitagmorgen, verabschiedete sich der neunzehnjährige Robert Steinhäuser von seinen Eltern, um zur Schule zu gehen, dem Gutenberg-Gymnasium in Erfurt. Sie wünschten ihm viel Glück für die Abiturprüfung, die an diesem Tag anstand.

Robert Steinhäusers Familie war nicht bekannt, dass er bereits am 5. Oktober 2001 von der Schulleiterin einen Brief bekommen hatte, in dessen ersten Absatz es hieß: »Hiermit beende ich das mit Ihnen bestehende Schulverhältnis auf der Grundlage des Thüringer Schulgesetzes entsprechend der durch Sie zu vertretenden Gründe mit Wirkung des heutigen Datums.« Da der junge Mann bereits volljährig war, hielten es weder Gymnasium noch Schulbehörde für nötig, über den Rauswurf seine Eltern zu informieren. Statt der Chance, die Abschlussprüfung abzulegen, bekam er am 5. Oktober 2001 ein »Abgangszeugnis« des Gutenberg-Gymnasiums, in dem unter anderem stand: »Die Schule wird vor Erreichen des Schulzieles verlassen. Die Schule wurde von 08/93 bis 5.10.01 besucht.«

Etwa zehn Minuten vor elf Uhr am Gutenberg-Gymnasium angekommen, fragte Robert Steinhäuser, der eine Sporttasche und einen Rucksack bei sich trug, den Hausmeister Uwe Pfotenhauer, wo die Schulleiterin zu finden sei. Der antwortete, dass sie im Haus wäre. Uwe Pfotenhauer kannte Robert Steinhäuser, doch der Name fiel ihm in dem Moment nicht ein.

Robert Steinhäuser ging in die Herrentoilette im Erdgeschoss, legte schwarze Kleidung und eine Gesichtsmaske an. Dann packte er seine mitgebrachten Waffen aus. Danach lief er durch das Schulgebäude und gab insgesamt einundsiebzig Schüsse ab. Damit tötete er elf Lehrer, eine Referendarin, eine Sekretärin, zwei Schüler und einen Polizeibeamten. Zwischen 10.56 und 11.30 Uhr erschoss er sich selbst.

Der Massenmord beschäftigte über Jahre die Öffentlichkeit. Die dazu geführten Diskussionen fokussierten sich in die unterschiedlichsten Richtungen und verliefen oftmals kontrovers.

Die wichtigsten Initiativen zur Aufklärung der Tat gingen von der Thüringer Landesregierung aus. Nach ihrem Beschluss nahm am 20. Januar 2004 die »Kommission Gutenberg-Gymnasium« unter Leitung des Juristen und CDU-Politikers Dr. Karl Heinz Gasser ihre Arbeit auf. Sie legte am 19. April 2004 einen 371 Seiten langen Bericht vor. Er berücksichtigte auch die Erkenntnisse des »OFA-Teams« vom 25. November 2002, gebildet aus Mitarbeitern der Fachgruppe »Operative Fallanalyse« des Bundeskriminalamts (BKA) und des LKA Thüringen. Im Tenor bestätigte er, »dass die Frage, wie es dazu kommen konnte, dass Robert Steinhäuser 16 Menschen und anschließend sich selbst tötete, nicht mit einer monokausalen Erklärung zu beantworten ist«.

Zur sozialen Herkunft und Entwicklung der Persönlichkeit des Täters hielt der Bericht fest: »Robert Steinhäuser wurde als zweiter Sohn der Familie Steinhäuser geboren. Sein Bruder war zu diesem Zeitpunkt 6 Jahre alt. Er wurde altersgerecht eingeschult. Bis zum Wechsel des Gymnasiums erreichte er durchschnittliche schulische Leistungen. Mit 12 Jahren entschieden die Eltern den Wechsel auf das Gutenberg-Gymnasium, ohne dass die Meinung des Sohnes dazu berücksichtigt wurde. Mit diesem Wechsel verschlechterten sich seine schulischen Leistungen zunehmend … Es ist anzunehmen, dass Robert Steinhäuser im Gymnasium überfordert war und mit dieser Überforderung seitens des Elternhauses und der Schule nicht adäquat im Sinne einer gemeinsamen konstruktiven Problemlösung umgegangen wurde. Robert Steinhäuser entwickelte sich zu einer Persönlichkeit, die in vielen Bereichen keine bzw. zu wenige Kompetenzen erworben hatte: Er lernte es zu wenig, Probleme ausreichend wahrzunehmen, sie zu benennen und anzusprechen und andere für deren Lösung um Unterstützung zu bitten, geschweige denn, diese Probleme aus eigener Kraft zu bewältigen. Stattdessen bildete er eine Art kompensatorischen Größenwahn im Sinne einer unrealistischen Selbstüberschätzung aus, der sein relativ gering ausgeprägtes Selbstwertgefühl überspielen sollte (›Ich komm noch mal ganz groß raus‹, ›Alle werden über mich reden‹, ›Ich werde mal Politiker‹). Grundsätzlich ist diesbezüglich von einer verzerrten Wahrnehmung auszugehen, weil er die Diskrepanz zwischen seinen

Erwartungen und Ansprüchen einerseits und seinen tatsächlichen Möglichkeiten andererseits nicht realisierte. Weiterhin konnte Robert Steinhäuser nicht konstruktiv mit Kritik umgehen und aus Fehlern lernen. Er übernahm nicht die Verantwortung für sich und sein Fehlverhalten, sondern er schrieb die Ursachen für sein Versagen anderen zu.«

Eigene Bemühungen des überforderten Gymnasiasten um eine Lösung seiner Probleme scheiterten und führten ihn in eine soziale Isolation: »Am Ende der 10. Klasse unternahm Robert Steinhäuser einen Versuch, seine Schulkarriere zu retten, indem er zu einer externen Realschulprüfung antrat. Er konnte die dafür erforderlichen Leistungen nicht erbringen und nahm die letzte Prüfung nicht mehr wahr. Es ist anzunehmen, dass Robert Steinhäuser ab diesem Zeitpunkt das schulische Versagen immer stärker als sehr kränkend und enttäuschend empfand ... Er holte sich seine Bestätigungen aus seiner virtuellen Welt und vermittelte sich so Machtgefühle.« Die Folgen: »Es ist anzunehmen, dass es bei Robert Steinhäuser zunehmend zu einem Persönlichkeitsverlust bezüglich des Bereichs Schule kam und er seinen Lebensmittelpunkt im Freizeitbereich suchte, wo er nicht von den anderen abhängig war und keine Kränkungen erfuhr. Damit einhergehend kapselte er sich auf emotionaler Ebene zunehmend von seinem Elternhaus ab, verstummte und wirkte den Eltern gegenüber verschlossener. Die familiären Verhältnisse trugen dazu bei, dass sich mit Robert hinsichtlich seiner problematisierten Verhaltenweisen nicht tiefgründig auseinandergesetzt wurde ... Etwa zu diesem Zeitpunkt ist anzumerken, dass Robert Steinhäuser ein verstärktes Interesse für Waffen entwickelt hat, beschäftigte er sich doch schon lange bei seinen Egoshooter-Spielen mit der virtuellen Ausübung von Waffengewalt.«

Diese Entwicklung ging mit weiteren schulischen Misserfolgen einher, die die ursprünglichen Zukunftspläne des späteren Täters unmöglich machten. Er suchte nach Selbstbestätigung: »Es ist offensichtlich, dass er mit dem erfolgreichen Erwerb der Waffenbesitzkarte erstmals wieder ein durch seine eigene Leistung herbeigeführtes Erfolgserlebnis verspürte. Wie das OFA-Team vermutet auch die Kommission, dass sich Robert Steinhäuser hiermit unbewusst oder bewusst auch die Voraussetzungen schaffte, Macht- und Gewaltmittel in seine Hände zu bekommen. Das Motiv könnte dabei gewesen sein, seine tatsächlichen persönlichen Schwächen zu kompensieren ... der Entschluss, aus Scham und Angst vor erneuten Kränkungen den Schulausschluss sowohl seiner Familie als auch seinem Bekannten- und Freundeskreis zu verheimlichen, ergaben die Grundlage für eine gefährliche Eskalation ... (Er) überschritt ... irgendwann den Punkt, ab dem es jedenfalls aus eigenem Antrieb kein Zurück zu einem Eingeständnis seines Scheiterns gegenüber seiner Familie und seinen Freunden mehr geben konnte ... Es erscheint sehr wahrscheinlich, dass sich Robert Steinhäuser durch die Begehung des Massenmordes am 26.4.2002 an einem mehr oder weniger abstrakten Feindbild, den Lehrern, die aus seiner Sicht an seinem Schulausschluss, für das Scheitern seiner Schullaufbahn und für seine berufliche Perspektivlosigkeit verantwortlich waren, rächen wollte, und zwar am symbolträchtigen letzten Tag der schriftlichen Abiturprüfung. Allerdings wollte er nach der insoweit von dem OFA-Team abweichenden Auffassung der Kommission diesen Rachegedanken mit der mindestens gleichwertigen Zielstellung verknüpfen, sich über einen medienwirksamen Gewaltexzess Berühmtheit zu verschaffen.«

Die Rechtmäßigkeit des hier erwähnten »Schulausschlusses« wurde von der Kommission ausführlich untersucht. Zum Ergebnis hielt sie fest: »Bei objektiver Betrachtung hat sich das Schulamt ganz sicher bemüht, für Robert Steinhäuser eine andere Beschulungsmöglichkeit zu finden, von einer Zuweisung an eine andere Schule … kann jedoch nicht gesprochen werden. Darauf, dass die handelnde Behördenleitung unter Umständen von einer noch schärferen Maßnahme, nämlich von einem Ausschluss … ausgegangen sein könnte, kommt es nicht an, für beide Maßnahmen fehlte der handelnden Behörde eine entsprechende Ermächtigung durch das Gesetz. Darüber hinaus wurde das Verfahren nicht eingehalten.« Aktenkundig war überdies, dass der Verweis Robert Steinhäusers vom Gutenberg-Gymnasium ihn in eine persönliche Konfliktsituation stürzte, bei der sogar die Angst vor einem folgenden Suizid eine Rolle spielte. Deshalb wurde er nach Verkündung des Beschlusses nach

Hause begleitet. Die Kommission stellte fest: »Der gegenüber Steinhäuser erhobene Vorwurf hätte einen Schulausschluss wohl auch nicht getragen. Dabei wäre auch zu berücksichtigen gewesen, dass Robert Steinhäuser kurz vor dem Abitur gestanden habe.« Sie konstatierte aber auch: »Entgegen anderen Wertungen sieht die Kommission in den Maßnahmen des Gutenberg-Gymnasiums vom 4.10. bzw. 5.10.2001 nicht den allein entscheidenden Auslöser oder gar den Grund für die am 26.4.2002 begangene Tat.«

Unklar blieb: »Welche Ziele Robert Steinhäuser mit seiner seit Ende des Jahres 2000 betriebenen systematischen Aufrüstung – d. h. seinen Versuchen, tatsächliche Gewalt über Waffen zu erlangen und sie bedienen zu können – konkret verfolgte, ist nicht mehr mit Gewissheit feststellbar. Der Ablauf spricht allerdings dafür, dass Schießtraining und der Schusswaffenerwerb auf die Option der Begehung eines Deliktes unter Einsatz der erworbenen Waffen gerichtet war, was die Bedeutung des Schulverweises bei der Ursachensuche für die Tatbegehung in ein anderes Licht stellen würde.«

In allen Einzelheiten stellte die Kommission den nicht regelkonformen Umgang mit dem Waffengesetz dar. Mit Blick auf Robert Steinhäuser konstatierte sie, »dass er, selbst dann wenn er aus schießsportlichem Interesse dem Schützenverein ›Domblick‹ beigetreten sein sollte, spätestens seit Sommer 2001 intensiv die Voraussetzungen dafür geschaffen hat, um eine Faustfeuerwaffe und eine Schrotflinte erwerben zu können.«

Das soziale Umfeld des Massenmörders entsprach dem vieler seiner Altersgenossen: »Die freundschaftlichen Aktivitäten bestanden im Wesentlichen im gemeinsamen Verbringen der Freizeit.« Dazu gehörte »auch der Konsum von Gewaltvideos«. Vor allem auf der Grundlage von Zeugenaussagen aus dem Umfeld des Täters hielt der Bericht fest: »Der Fall Robert Steinhäuser zeigt nach Auffassung der Kommission eindringlich, dass ein exzessiver Konsum von sogenannten Egoshootern jedenfalls unter der Bedingung von Persönlichkeitskrisen und fehlenden Kompensationsmechanismen von einem zwar oberflächlich harmlosen, der Struktur nach aber unterschwellig das Prinzip der Achtung der menschlichen Unversehrtheit in Frage stellenden Reaktionsspiel zu einem regelrechten Gewaltanwendungstraining entarten kann. Tritt ein latentes Vorhandensein weiterer Faktoren hinzu, wie z. B. narzisstische Persönlichkeitsstruktur, geringes Selbstwertgefühl, leichte Kränkbarkeit, Hunger nach Anerkennung, hochstrebende Vorstellungen, und trifft eine solche Disposition dann noch auf die leichte Verfügbarkeit von (Schuss-)Waffen, kann dies zu einer tödlichen, auf einen Anlass zur Entladung ausgerichteten Mixtur führen.«

Zu einem weiteren Aspekt äußerer Einflüsse betonte die Kommission: »Schon vor seinem Schulverweis war Robert Steinhäuser mit ziemlicher Wahrscheinlichkeit elektrisiert von der medialen Wirkung von Amokläufen. Schon im Zuge der Fernsehberichterstattung über das Littleton-Massaker ist erkennbar, dass er in seinem persönlichen Wertekoordinatensystem Schwierigkeiten hatte, zwischen dem Konsum virtueller Gewaltausübung in Computerspielen und Videos zum Konsum von realen, unter Schusswaffengebrauch realisierten blutrünstigen Gewaltexzessen eine eindeutige Trennlinie der Begeisterung zu ziehen.« Allerdings sah sie keinen Bezug zu einem Amoklauf, der stets einen geplanten, finalen Suizid einschließt: »Hinweise, die auf eine vorprogrammierte Selbstmordabsicht hindeuten könnten, liegen nicht vor. Möglich ist auch, dass Robert Steinhäuser in seiner irrealen Einschätzung auch davon ausgegangen ist, er könne nach dem Attentat, wie aus einem seiner Egoshooter-Spiele, wieder in die reale Welt überwechseln.«

Kritik übte die Kommission am gesamten sozialen Umfeld des Falles: »Die Umstände des Unentdecktbleibens der von Robert Steinhäuser ausgegangenen Gefahr werfen auch ein bitteres Licht auf das allgemein bestehende Problem der Oberflächlichkeit und Gedankenlosigkeit im sozialen Umgang, von dem auch Familie und Freundeskreis des Robert Steinhäuser betroffen waren. Dies betrifft zunächst ganz allgemein die hinsichtlich der Wertevermittlung offensichtlich bestehenden Erziehungsdefizite des Robert Steinhäuser ... Auch im Freundeskreis verhinderte ... ein nicht stattgefundener Informationsaustausch und ein augenscheinlich nur oberflächliches oder nicht eindringlich genug verfolgtes Interesse für die Situation des Freundes und Schulkameraden Robert Steinhäuser die Erkenntnis, dass von diesem eventuell tatsächlich eine Gefahr ausgehen könnte. Nicht ersichtlich ist auch, dass die Lehrer des Robert Steinhäuser mit pädagogischen oder psychologischen Mitteln in irgendeiner Form Zugang zu den Problemen dieses Schülers gefunden hätten ...«

Dies ändere jedoch nichts an der Gesamtbewertung des tragischen Geschehens am Erfurter Gutenberg-Gymnasium: »Täter des in eine Massentötung mündenden menschenverachtenden Attentats ist und bleibt einzig und allein der Schüler Robert Steinhäuser. Die Tat beruhte auf seinem eigenen und der freien Willensentscheidung unterliegenden Entschluss. Es sind aber im Handlungsumfeld des Robert Steinhäuser Gelegenheiten der Einmischung und Verantwortungsübernahme versäumt worden, die womöglich wenigstens eine Chance geboten hätten, dem Schicksal eine andere Richtung zu geben. Hieraus sollten exemplarisch für die Zukunft zur Vorbeugung ähnlicher Ereignisse in Familie, Freundeskreis, Schule und Gesellschaft die notwendigen Lehren gezogen werden. Dem gegenüber ist es Sache der Gesellschaft als Gesamtheit, gefährlichen Verschiebungen der Wertekultur insbesondere im Jugendbereich mit entschiedenem Entgegentreten zu begegnen. Nicht unerwähnt bleiben soll der Einfluss, der von der Schulsituation eines Vor-Abiturienten ausgeht. Der subjektiv als Zwang empfundene Druck ist nicht allein bei Robert Steinhäuser anzutreffen, sondern ein relativ weit verbreitetes Phänomen. Die Schule wird von Schülern älterer Jahrgänge nicht selten als entfremdetes System empfunden, in dem die Freude am Lernen keinerlei Rolle mehr spielt, sondern lediglich ein unpersönliches Leistungsschema erlernt und abgefragt wird. Die Lehrer haben aufgrund der Ressourcen an Zeit und Personal nur wenig Möglichkeiten, auf dieses subjektive Empfinden adäquat zu reagieren. Das führt zu aggressiven Stimmungen, die normalerweise mit sozial erlernten Handlungsschemata unter Kontrolle gehalten und abgebaut werden. Dass aber auch einige Schüler auf das Massaker von Erfurt mit einer Art klammheimlicher Genugtuung reagiert haben (›Da seht Ihr mal, wozu es führen kann, wenn Ihr nicht auf uns hört‹), sollte nicht nur Anlass für eine – gerechtfertigte – moralische Empörung sein, sondern eine gemeinsame Anstrengung aller beteiligten Institutionen und Personen initiieren, die es ermöglichen, Konflikte im Gespräch zu thematisieren und einer Lösung zuzuführen. Auf ein Weiteres muss an dieser Stelle, an der es um eine Ursachenbewertung des Schulmassakers von Erfurt geht, hingewiesen werden: All die im Fall Steinhäuser wirksam gewordenen Faktoren sind keine Besonderheit des ostdeutschen Lebensumfeldes oder der dortigen Lebensbedingungen, die einen ähnlichen Fall in Westdeutschland ausschließen. Ein dem Gutenberg-Massaker vergleichbares Attentat hätte nach Überzeugung der Kommission beim Zusammentreffen der im Fall Robert Steinhäuser relevant gewordenen Umstände oder anderer gleichwertiger Umstände an jedem Gymnasium in jeder Stadt Deutschlands geschehen können.«

Dass einzelne kriminelle Taten direkte Auswirkungen auf Gesetze haben, ist eher der Ausnahmefall. Nach dem Schulmassaker in Erfurt gab es sie jedoch. Das besonders konservativ gefasste Thüringer Schulgesetz bestimmte zu jener Zeit im Gegensatz zu den Gesetzen in mehreren anderen Bundesländern, dass bei Nichtbestehen des Abiturs das Gymnasium keinen Schulabschluss bescheinigte und somit kaum eine berufliche Perspektive bestand. Seit 2003 konnten die Schüler dann auf eigenen Wunsch am Ende der zehnten Klasse eine Prüfung ablegen. Ein Jahr darauf wurde die »Besondere Leistungsfeststellung« für alle Thüringer Gymnasiasten zur Pflicht.

Bundesweit erfolgte eine Verschärfung des Waffengesetzes. Das Mindestalter zum Erwerb großkalibriger Waffen stieg – im Regelfall – auf einundzwanzig Jahre. Sportschützen unter fünfundzwanzig Jahren haben sich nun einer medizinisch-psychologischen Untersuchung zu unterziehen. Die Vorschriften für die Aufbewahrung von Waffen und Munition wurden strikter.

Einflüsse gab es überdies auf die damals bereits laufende Diskussion um das Jugendschutzgesetz. Sie fokussierten sich auf strengere Regelungen zu sogenannten Killerspielen und fiktionalen Gewaltdarstellungen. Angesichts der fortschreitenden technischen Entwicklung hält die Kritik trotz der damals geänderten Gesetzeslage dazu an.

Im Zuge der laufenden Reform der Landespolizeigesetze und der Polizeiausbildung wurden Erfahrungen aus der Tat in Erfurt im April 2002 berücksichtigt.

»Ich will böse sein«

Der Fall Frank Schmökel

Am 7. November 2000 verhafteten die Polizisten Martin Hottinger und Joerg Kröber den damals achtunddreißigjährigen Frank Schmökel in einer Gartenlaube in der Nähe von Bautzen. Damit endete die sechste Flucht des verurteilten Sexualstraftäters aus dem Maßregelvollzug.

Zwei Tage zuvor war in einem Wald in Ostsachsen eine Schlafstelle entdeckt worden. Dort hatte Frank Schmökel einen Werkzeugkoffer, Waffen, Arbeitshandschuhe, einen Schlafsack und Alkohol zurückgelassen. Auch das Fluchtauto, das der Gewaltverbrecher zuvor einem von ihm erschlagenen Rentner geraubt hatte, wurde bei Großdubrau gefunden. Dann meldete der Bienenzüchter Bernd L. aus Bautzen, dass in seine Laube in Saritsch, zwölf Kilometer vom Suchgebiet der Polizei entfernt, eingebrochen worden sei. Daraufhin wurden sieben Beamte mit drei Autos zum Tatort geschickt. Als sie die Laube in Augenschein nehmen wollten, sprang Frank Schmökel auf und griff einen Beamten mit einem Messer an. Anhand der Tätowierungen an den Unterarmen erkannten die Polizisten sofort, dass es sich um den flüchtigen Gewaltverbrecher handelte. Einer von ihnen schoss und traf den Angreifer in den Bauch. Seine Verletzungen wurden mit einer Notoperation im Kreiskrankenhaus Bautzen behandelt. Danach verlegte man ihn zur weiteren Behandlung in eine Klinik in Nordrhein-Westfalen.

Die für die Ergreifung des flüchtigen Verbrechers ausgelobte Belohnung von 50.000 Mark teilte das Brandenburger Innenministerium auf zwei Tipp-Geber aus Sachsen zu gleichen Teilen auf. Im Zusammenhang mit der Fahndung nach ihm gingen mehr als tausend Hinweise bei der Polizei ein.

In der Laube fanden die Beamten vier Briefe, die die Polizei als »Fluchttagebuch« beschrieb. Sie spielten in der Beweisaufnahme nach der sechsten Flucht Frank Schmökels eine wichtige Rolle. Einer der Schlüsselsätze lautete: »Gut und Böse, das eine geht ohne das andere nicht. Ich will böse sein.«

Am Ende dieses Prozesses verurteilte ihn die in Neuruppin tagende 3. Strafkammer des Landgerichts Frankfurt an der Oder am 11. Dezember 2002 »wegen Mordes in Tateinheit mit Raub mit Todesfolge sowie wegen versuchten Mordes in Tateinheit mit versuchtem Totschlag in zwei Fällen und zugleich in Tateinheit mit gefährlicher Körperverletzung in drei Fällen zu lebenslanger Freiheitsstrafe als Gesamtstrafe«. Gleichzeitig ordnete sie seine Unterbringung in der Sicherungsverwahrung an. Mit Beschluss vom 12. November 2003 wies der Bundesgerichtshof die Revision Schmökels ab. Damit wurde dieses Urteil rechtskräftig.

Die kriminelle Karriere Frank Schmökels begann bereits in der DDR. Am 27. Mai 1988 verurteilte ihn das Kreisgericht Demmin wegen versuchter Vergewaltigung und unbefugter Benutzung von Kraftfahrzeugen zu einer Freiheitsstrafe von einem Jahr und sechs Monaten. Er war in der Nacht über das Dach in ein Wohnhaus eingedrungen und hatte versucht, ein vierzehnjähriges Mädchen in dessen Kinderzimmer zu vergewaltigen. Frank Schmökel floh aus der Haft und bekam dafür eine zusätzliche Strafe von zehn Monaten, die er in einer Einzelzelle absaß, bis er 1989 im Rahmen einer Teilamnestie vorzeitig entlassen wurde.

Über die nächste Straftat hielten die Gerichtsakten fest: »Am 23. Juni 1993 verurteilte ihn das Bezirksgericht Frankfurt (Oder) rechtskräftig wegen Vergewaltigung in Tateinheit mit sexueller Nötigung eines Kindes, versuchter Vergewaltigung in zwei Fällen, diese in einem Fall in Tateinheit mit sexueller Nötigung, sexuellem Missbrauch eines Kindes und Entführung gegen den Willen einer Frau zu einer Gesamtfreiheitsstrafe von fünf Jahren und sechs Monaten und ordnete seine Unterbringung in einem psychiatrischen Krankenhaus an.«

Da diese »Unterbringung« keine Strafe war, bezeichnete das Gericht Frank Schmökel bei der Beschreibung seiner Taten als »Antragsteller« und führte aus: »Nach den Feststellungen missbrauchte der Antragsteller ein elfjähriges Mädchen, nachdem er es unter Vorhalt eines Messers gewaltsam in einen Lkw gezerrt, in einen Kasten gesperrt und so zum Tatort gebracht hatte. Außerdem versuchte er vergeblich, ein anderes zwölfjähriges Mädchen in der gleichen Absicht gewaltsam in seinen Pkw hineinzuziehen. Schließlich zwang der Antragsteller in einem weiteren Fall ein Mädchen unter Vorhalt eines Messers und der Drohung, es umzubringen, gewaltsam in einen Lkw und fuhr das Opfer in ein Waldgebiet, wo er sich in massiver Weise an ihm verging. Der Maßregelanordnung lag zugrunde, dass die Steuerungsfähigkeit des Antragstellers aufgrund einer ›sexualpathologischen Triebabweichung‹ (Sodomie mit nekrophilen Tendenzen und heterosexuelle Pädophilie) jeweils erheblich vermindert war.«

Nach der Einweisung in den Maßregelvollzug Brandenburg gelang Frank Schmökel während eines Hafturlaubs 1994 die erste Flucht. Die neun Tage seiner Freiheit nutzte er für weitere Gewaltverbrechen. Über deren Konsequenz berichten die Akten: »Am 1. Juni 1995 verurteilte ihn das Landgericht Neubrandenburg wegen versuchten Mordes in Tateinheit mit sexuellem Missbrauch von Kindern, versuchter Vergewaltigung und sexueller Nötigung zu einer Freiheitsstrafe von vierzehn Jahren und ordnete seine Unterbringung in einem psychiatrischen Krankenhaus an ... Der Verurteilung lag zugrunde, dass der Antragsteller während eines Urlaubs aus dem Maßregelvollzug im April 1994 ein zwölfjähriges Mädchen gewaltsam in einen Pkw gezerrt und in einem Waldgebiet wiederholt massiv sexuell missbraucht hatte, bevor er es in der Absicht, sich noch an dem leblosen Körper zu vergehen, so lange würgte, bis er glaubte, es getötet zu haben.«

Es folgten weitere Fluchten Frank Schmökels aus der Klinik des Maßregelvollzugs. 1995 dauerte es nur einen Tag, bis ihn die Polizei wieder verhaftete. Ein Jahr darauf, 1996, entwich der Gewaltverbrecher bei einem begleiteten Freigang für drei Tage. Gemeinsam mit anderen Häftlingen sägte er 1997 ein Fenstergitter auf und entkam erneut. Nach einer Woche stellte er sich. Daraufhin wurde Frank Schmökel in den Maßregelvollzug Neuruppin verlegt. Noch im gleichen Jahr glückte ihm dort die Flucht aus einem Fenster. Am folgenden Tag wurde er festgenommen. Trotz dieser dramatischen Aktionen erhielt Frank Schmökel im April 2000 die »Lockerungsstufe 4« und durfte in Begleitung von Pflegern zum Einkaufen oder zum Sport die Haft verlassen. Etwa siebzig Mal nutzte er diese Vergünstigung, bis er am 25. Oktober 2000 mit zwei Begleitern zum Besuch seiner Mutter in Strausberg fuhr. Was dabei geschah, beschreiben die Gerichtsakten in wenigen dürren Worten: Er »stach … anlässlich einer Ausführung aus dem Maßregelvollzug in der Wohnung seiner Mutter mehrfach gezielt mit einem Messer auf einen Pfleger ein, in der Absicht, diesen zu töten. Hierdurch wollte … (Schmökel) … seine Flucht ermöglichen und Wut und Hass auf den Maßregelvollzug abreagieren. Anschließend stach er mit zumindest bedingtem Tötungsvorsatz aus Wut und Hass und um seine Flucht zu ermöglichen mit dem Messer auf seine Mutter ein, bevor er mit der gleichen Motivation wie gegenüber dem Pfleger mit Tötungsvorsatz einen Sozialpädagogen niederzustechen versuchte. Auf der anschließenden Flucht erschlug … (Schmökel) … mit einem Spatenstiel einen Rentner, um die Wegnahme von dessen Pkw zu ermöglichen. Anhaltspunkte für eine erhebliche Verminderung der Schuldfähigkeit bei Tatbegehung ergaben sich nicht.«

Nach dem Ende dieser Flucht geriet die Praxis des Maßregelvollzugs in Deutschland massiv in die Kritik. Sie konzentrierte sich besonders auf das Land Brandenburg, weil Frank Schmökel dort mehrfach entweichen konnte und trotzdem immer wieder Ausgang bekam. Anfang November 2000 versetzte die Landesregierung den zuständigen Staatssekretär Herwig Schirmer in den vorzeitigen Ruhestand. Als Konsequenz wurden deutschlandweit die Sicherheitsvorkehrungen im Maßregelvollzug erhöht und Möglichkeiten des Freigangs verringert.

Da Frank Schmökel im Prozess zunächst jegliche Aussagen verweigerte, ließ das Gericht die bei seiner Verhaftung gefundenen Briefe verlesen. Im Gegensatz zu Häftlingen im Regel-Strafvollzug wurden sie im Maßregelvollzug nicht kontrolliert. Deshalb blieb verborgen, dass er einem Bekannten gegenüber bereits vor der Flucht seine Absichten ankündigte: »Ich habe jemanden gesucht, der mir eine gewaltlose Flucht ermöglicht. Nun muss ich es anders versuchen – vielleicht Mord«, schrieb der Schwerverbrecher wenige Tage vor seinem Ausbruch. Auch gegen seine Mutter erhob er brieflich schwere Vorwürfe: »Warum bin ich so? Nicht weil ich so sein will … Du hast mich zu dem gemacht, was ich bin. Ich hasse Dich abgrundtief … Nicht ich habe mein Leben versaut, sondern Du. Wir sehen uns in der Hölle.«

Einem Freund vertraute er an, dass er seine Mutter für seine Haltung gegenüber Frauen verantwortlich mache: »Ich wollte die Mädchen beherrschen, wollte sie flehen sehen, wie ich gefleht habe, damit sie mich nicht schlägt. Ich wollte den Ekel sehen, wie ich mich geekelt habe, wenn Mutter mich zum Sex gezwungen hat.« Er resümierte: »Heute bin ich ein Sexmonster.«

Zur Flucht am 25. Oktober 2000 sagte Frank Schmökel später aus, dass bei seiner Mutter zunächst alles harmonisch zugegangen sei: »Erst beim Blick auf das Bett im Schlafzimmer musste ich an die Prügel und die sexuellen Handlungen denken, zu denen mich meine Mutter als Kind gezwungen hatte.« Gleichzeitig habe sich die Mutter abfällig über seine zwölfjährige Tochter geäußert. Da »sah ich rot«, beschrieb der Angeklagte seine Gefühlslage: »Ich gehe jetzt ins Zimmer und bringe die Alte um, dachte ich damals.« Dass er als Erstes mit einem in der Wohnung liegenden Küchenmesser auf den Pfleger einstach, beschrieb er als »Strafe« gegenüber der Mutter: »Es war eine Art Rache. Sie sollte sehen, was ich mache.« Erst als seine Mutter ihm in den Arm fallen wollte, stach er auch auf sie ein. »Ich wollte, dass sie endlich die Schnauze hält«, sagte Schmökel. Dann habe er plötzlich »vor den ganzen alten Erinnerungen an die Kinder- und Jugendzeit« weglaufen wollen. Wie spontan dieser Entschluss gefallen sei, zeige sich nach seinen Angaben darin, dass er seine Zigaretten liegen gelassen habe. »Daran denkt ein Raucher bei einer Flucht doch zuerst.« Außerdem sei schon vor dem Kaffeetrinken eine Flucht »ohne Gewalt« möglich gewesen. Auch im Nachhinein bedauerte er nichts: »Der Angriff auf meine Mutter hat mir nur einen kurzen Augenblick leid getan.« Mehr ärgere er sich über die Attacke gegen den Pfleger, der sein »väterlicher Freund« gewesen sei. Seine damalige Lage beschrieb er so: »Auf einmal war ich völlig durcheinander, nicht mehr bei Sinnen.«

Frank Schmökel stellte sich vor Gericht einerseits als gestörte Persönlichkeit dar: »Die Wurzeln meiner Krankheit liegen in der Kindheit und in der Jugendzeit.« Andererseits kritisierte er die Therapien, die er seit 1993 bekam: »Ich bin geflüchtet, weil ich das Gefühl hatte, nicht richtig behandelt zu werden.« Mehrmals habe er deshalb eine Verlegung nach Berlin beantragt, aber das sei immer abgelehnt worden. Auch in einem der Briefe schrieb er vor der Flucht davon: »Acht Jahre Maßregel – und ich bin immer schlimmer geworden, im Fühlen und im Denken. Ich verkümmere an Geist und Seele.« Die Bemühungen der Psychologen bezeichnete er als »Theater, um die Bevölkerung zu beruhigen«.

Den Mord an dem einundsechzigjährigen behinderten Rentner Johannes B., der so brutal ausgeführt wurde, dass dabei der Spatenstiel zerbrach, brachte Frank Schmökel mit einer beabsichtigten Vergewaltigung dessen zwölfjähriger Enkelin in Zusammenhang: »In der Siedlung Postbruch versteckte ich mich in einer Laube und beobachtete auf dem Nachbargrundstück ein älteres Ehepaar mit ihrer Enkeltochter ... Als ich das Mädchen sah, wuchs der Wunsch, mit ihr ähnlich wie mit Christine zu verfahren.« Das Mädchen hatte er 1994 während einer Flucht missbraucht und so gewürgt, dass sie den Angriff nur knapp überlebte. »Eines Tages hörte ich ein Motorengeräusch. Ich dachte, das Ehepaar ist weggefahren und die Enkelin liegt im Garten. Da bin ich mit dem Spaten los … Ich wollte nicht den alten Mann töten, um sein Auto zu klauen. Ich dachte, auf der Liege befindet sich seine junge Enkeltochter. Plötzlich stand der Mann vor mir, da habe ich mit dem Spaten mehrfach zugeschlagen.« Der schwerverletzte Johannes B. verblutete. Frank Schmökel erklärte dem Gericht als angeblich eigentliche Absicht: »Ich wollte das Mädchen schlagen, bis es wimmert und mich anfleht, und es dann missbrauchen.«

Über seine folgende Flucht hielt er in den aufgefundenen Briefen fest, dass er regelmäßig Nachrichten hörte und so erfuhr, wo gerade nach ihm gesucht wurde. Danach bestimmte er seinen Fluchtweg: »Bin gestern den Bullen fast vors Auto gelaufen. Ich hatte großes Schwein, das kann nur Gottes Fügung sein … Langsam glaube ich, dass ich eine Chance habe, abzutauchen – vielleicht für immer. (…) Kriegen die mich doch, mache ich einen auf durchgeknallt – Blutrausch oder so.«

Wesentlich für das Urteil auf lebenslange Haft und anschließende Sicherungsverwahrung Frank Schmökels war schließlich die Einschätzung der Gutachter, die ihn als gefährlich und nicht therapierbar einstuften und eine »dissoziale Persönlichkeitsstörung« feststellten.

Damit wurde eine weitere kriminelle Karriere Frank Schmökels unmöglich. Dennoch bekam der Fall auch noch eine unerwartete politische Dimension.

Anfang 2009 erfuhr die Öffentlichkeit, dass Frank Schmökel, Sohn eines Volkspolizisten, für »erlittenes Unrecht zu DDR-Zeiten« eine Opferrente beantragt hatte. Das Justizministerium Mecklenburg-Vorpommerns verweigerte ihm die Zahlung. Dagegen zog er vor Gericht. Er gewann, und das Landgericht in Neubrandenburg sprach ihm für seine zehnmonatige Haftzeit wegen versuchter Republikflucht eine SED-Opferrente von monatlich 250 Euro zu. Dagegen legte Mecklenburg-Vorpommerns Justizministerin Uta-Maria Kuder (CDU) Beschwerde ein, die das Landgericht Neubrandenburg abwies. Endgültig musste danach nun das Oberlandgericht Rostock entscheiden, was am 8. April 2009 geschah. Die Richter unterstrichen, dass die Verurteilung Frank Schmökels am 30. September 1981 wegen »versuchten ungesetzlichen Grenzübertritts« durch das Kreisgericht Demmin und die dafür vom 17. Mai 1981 bis zum 16. März 1982 verbüßte Haftstrafe Unrecht war. Deshalb war dieses Urteil mit rechtskräftigem Beschluss des Landgerichts Neubrandenburg vom 10. Januar 1995 aufgehoben worden. Frank Schmökel erhielt eine »Kapitalentschädigung für die rechtswidrig erlittene Haft in Höhe von zunächst 6.050,00 DM. Mit weiterem, ebenfalls rechtskräftigen Bescheid vom 21. Januar 2000 erfolgte … eine Nachzahlung in Höhe von 550,00 DM.«

Mit Blick auf die künftige Zahlung einer monatlichen Opferrente stellten die Rostocker Richter fest, dass sie Frank Schmökel auf der Grundlage der im »Gesetz über die Rehabilitierung und Entschädigung von Opfern rechtsstaatswidriger Strafverfolgungsmaßnahmen im Beitrittsgebiet« genannten Ausschlussgründe nicht entzogen werden darf. Dessen Paragraph 16 legt unter anderem fest: »Soziale Ausgleichsleistungen nach diesem Gesetz werden nicht gewährt, wenn der Berechtigte … gegen die Grundsätze der Menschlichkeit oder Rechtsstaatlichkeit verstoßen … hat.« Das Gericht vermerkte dazu: »Auch schwerste Straftaten Einzelner im Bereich allgemeiner Kriminalität gegen in einer rechtsstaatlichen Ordnung zu schützende Rechtsgüter geben deshalb nur Anlass für eine nach der staatlichen Schutzpflicht für Leib und Leben gebotenen Strafverfolgung und -vollstreckung durch ein rechtsstaatlich verfasstes Gemeinwesen … Die gravierenden Taten des Antragstellers [Frank Schmökel, Anm. d. Verf.] erfüllen deshalb trotz ihrer weitreichenden Folgen … diesen Ausschlussgrund nicht.«

Dennoch fanden die Richter einen Weg, ihm die Opferrente für SED-Opfer zu entziehen. Weil Frank Schmökel in »Staatspension« saß, brauchte er keine derartige soziale Unterstützung: »Während der gesamten Dauer einer gerichtlich angeordneten Freiheitsentziehung werden die betroffenen Personen im Sinne einer umfassenden Daseinsvorsorge angemessen und ausreichend aus Mitteln des Staates alimentiert und mit allem versorgt, was sie zum Leben brauchen. Das betrifft ... neben Unterkunft ... und Verpflegung ... auch Kleidung ..., medizinische Versorgung und Behandlung ... sowie im Bedarfsfall die Zahlung eines Taschengeldes ... Selbst arbeitstherapeutische Beschäftigung und Maßnahmen zur gezielten Aus- und Fortbildung werden, wenn und soweit die Voraussetzungen dafür vorliegen, aus staatlichen Mitteln bezahlt ... Im Bedarfsfall können weitere gezielte soziale Hilfen hinzukommen ...«

Nach dreiundzwanzig Jahren im Maßregelvollzug ordnete das Oberlandesgericht (OLG) in Brandenburg/Havel am 5. Dezember 2016 an, dass der Mörder und Kinderschänder – inzwischen vierundsechzig Jahre alt – bis spätestens zum 1. April 2017 in die JVA Luckau-Duben zu verlegen sei. Damit wechselte Frank Schmökel in den regulären Strafvollzug. Als Grund gab das Gericht an, dass weiterhin keine Möglichkeit einer Therapie bestehe und die »narzisstische und dissoziale Psychose« fortbestehe, ohne dass eine Veränderung zu erwarten sei. Damit folgte das Gericht einem Antrag der Staatsanwaltschaft Neubrandenburg, die schon mehrfach versucht hatte, Frank Schmökels Sonderbehandlung zu beenden. Zuletzt hatte das Landgericht Potsdam im Oktober 2015 geurteilt, Schmökel solle in dem eigens für ihn erbauten, mit Videokameras gesicherten Komplex auf dem Gelände der Asklepios-Klinik in Brandenburg/Havel bleiben. Diesen Spruch hob das OLG auf. In der Justizvollzugsanstalt Luckau-Duben soll er einen eigenen Haftbereich bekommen haben. Frank Schmökel lebte bereits im Maßregelvollzug isoliert, weil Häftlinge, die sich an Kindern vergangen haben, innerhalb der Gefangenenhierarchie erfahrungsgemäß Repressionen ausgesetzt sind.